iHuman

新民説

成为更好的人

所有未来的倒影

戴潍娜、杨庆祥、严彬三人诗选

戴潍娜 杨庆祥 严彬 著

GUANGXI NORMAL UNIVERSITY PRESS
广西师范大学出版社
·桂林·

SUOYOU WEILAI DE DAOYING

出 品 人：刘春荣
策划编辑：恰　恰
责任编辑：徐　婷
特约编辑：罗敏月
责任技编：郭　鹏
装帧设计：赵　瑾

图书在版编目（CIP）数据

所有未来的倒影：戴潍娜、杨庆祥、严彬三人诗选 / 戴潍娜，杨庆祥，严彬著．—桂林：广西师范大学出版社，2018.9
ISBN 978-7- 5598-1137-0

Ⅰ．①所… Ⅱ．①戴…②杨…③严… Ⅲ．①诗集—中国—当代 Ⅳ．①I227

中国版本图书馆 CIP 数据核字（2018）第 188188 号

广西师范大学出版社出版发行
（广西桂林市五里店路 9 号　邮政编码：541004
网址：http://www.bbtpress.com）
出版人：张艺兵
全国新华书店经销
广西桂川民族印刷有限公司印刷
（南宁市伊岭工业集中区 B-109 号标准厂房第一期工程项目 15#厂房　邮政编码：530103）
开本：845 mm × 1 340 mm　1/32
印张：10.75　　字数：190 千字
2018 年 9 月第 1 版　　2018 年 9 月第 1 次印刷
定价：58. 00 元

目 录

—— 戴潍娜篇 ——

—— 杨庆祥篇 ——

—— 严彬篇 ——

● 戴潍娜 篇

戴潍娜

毕业于牛津大学。中国人民大学博士，美国杜克大学访问学者，致力于智性与灵性相结合的写作与研究。2014“中国·星星诗歌奖·年度大学生诗人”；诗刊社第30届“青春诗会”成员；2014“现代青年年度人物评选·年度十佳诗人”；2017“太平洋国际诗歌奖·年度诗人”。出版诗集有《灵魂体操》等，童话小说集《仙草姑娘》，翻译有《天鹅绒监狱》等。2016 年自编自导意象戏剧《侵犯》。主编诗歌 Mook《光年》。现就职于中国社会科学院。

炒雪

喜欢这样的一个天
白白地落进了我锅里

这雪你拿走，去院外好生翻炒
算给我备的嫁妆
铺在临终的床上

京城第一无用之人与最后一介儒生为邻
我爱的人就在他们中间
何不学学拿雄辩术捕鱼的尤维亚族
用不忠实，保持了自己的忠诚
这样，乱雪天里
我亦可爱着你的仇家

海明威之吻

唇，

是她身上最鲜美的小动物

它天生戴着手铐

男主人和女主人匆忙起居

连厕所门都挂上钟表

掰开楼群的灯光铠甲

人们只是卡在阁间里，细弱的瓤

白日干燥地擦过地面

太多年，他们蜻蜓产卵般

活在生活的表面

有个恶毒乡邻一直在他们眼下挖井

无限下倾的来路，就等这一天补平

男人牵着狗，走过

垃圾妓女警察填满的去往大海的小巷

他们不想去碰，不想去碰那座大海

可还是挡不住带血的羽毛粘上外套

唇，被灌食刮了鳞的词句

巨大的甩干机里——

剩一只手铐在躯壳里磕撞，日夜轰响

这是三十三岁的男人和临近三十岁的女人

每一天，他们还试图在彼此身上创造悬崖

他们在用仅有的力气对抗时间

一截吻将他们捆绑

天鹅的交颈

海龟吞吃紫色水母时闭上的眼睛

杀死你，以表达我对你的尊敬

坏蛋健身房

你每天睡在自己洁白的骨骼上
你每天睡在你日益坍塌的城邦

对什么都认真就是对感情不认真
对什么都负责就是对男人不负责
餐前用钞票洗手，寝前就诽谤淋浴
你梦醒，从泥地里抬身
你更衣，穿上可怕思想
你读书，与镜中人接吻
你劳作，渴望住进监狱
你生育，生存莫过复制自己
罪恶也莫过复制自己

你拜托自己一觉到死
身体里的子民前赴后继
那个字典里走出的规矩人

那些世世代代供养你的细胞

一天不强行苦练

后天长出的坏蛋肌肉就要萎消

瞧瞧这身无处投奔的爱娇

去他们斤斤计较的善良

还有金碧辉煌的空无

你想用尽你的孤独

挨着

神女眠着
像一所栈房，黑话进去住一阵
白话进去住一阵。一出门
乌漆的山顶，贴着脸面升起
那些最先领到雪的白色头顶

都泥醉了
良知胞妹，连五尺雪下埋着的情热
恋爱是最好的报酬
轻誓如瓜皮，爱打滑了
鬼子母出招：尝一嘴石榴
跟你家官人肉香最近，都酸甜口儿

旋过去了
年岁卷笔刀。得活着
像一首民谣，不懂得老

邪道走不通，大不了改走正道
古代迟迟不来，那就在你的时代
挨着

不殉情了。不殉美了
试一试殉鬼
争吵不断的坟地，喧嚣比世间更甚
无数个死去的时刻讨要偿还
活着的人，以一挡万
你空想的自由
时时为千百代的鬼所牵绊

今天，整个世界都是雪的丈夫
为这粉身碎骨扑覆的拥抱
启程即是归途。紫铜色的臂力
一朵一瞬地掸开

十八个白天

白天过后，白天仍不肯退位
像失眠者摸不到进入夜晚的门
一个星球的停车场，蓄足燃料
让每一刻饱和　时间会隐退

自由成为自由的最大束缚。敌人
正把热烈握手行贿给相机
有谁计算过漏掉了一次夜？
一只坐等天明的
失眠夜莺必须高唱
连轴的白夜将我们从睡觉的瘾中解放
无知觉的劳役拯救我们有关不幸的苦苦推敲
真相是：真相与你没关
你看见，有个人午夜出门，头上戴了两顶帽子
你不由地猜，他去向的是夜，还是白天

雪下进来了

老人没有点菜，他点了一场雪

五十年前相亲的傍晚，他和她对着菜单
你一道菜我一道菜，轮流出牌
雪下进了盐罐、火锅、玫瑰旁的刀戟
他们坚信自己是世界上最年轻的人

快爱与慢爱，就像左翼与右派
他每周五去布尔什维克俱乐部
她一再严申婚后柏拉图
新世纪和雪一道掺进鹅绒被、坚固大厦
以及——心的缝隙
他们都把硬币翻过来了

还剩点时间，只够迷恋一些弱小的事物
弱小，却长着六只恒定的犄角

他一个人坐在静止的小餐馆

雪下进了火柴盒、抽屉、冰冷的尸柜

他们曾挥发在某个夏天的年轻，洁白地还回来了

用蜗牛周游世界的速度爱你

拨动时针般拨一回脑筋

我躺在林地，数历次生命的动静

苔藓是赶路的蜈蚣精

白肚皮擒到它绿色的小鞋子

莫惊莫惊

每一夜的星空逃得太快

我的爱还未来得及展开

一次初吻就将我覆盖

舍不得就这样把世界爱完

如同婴儿嘴巴里的味道还没长全

爱很久　要更久

我用蜗牛周游世界的速度爱你

在两次人生之间

格局

这刻起，我们已开始相互欺骗
别信！除了我还爱你，这唯一的真金
我们如今还有什么是共同的？
一座股权平分的废墟，使命、信念，还是明天？
没有。连一张纸、一滴墨水都没有了

青山懒起。姑娘，请啜饮你为我酿造的苦刑
向那些欺骗过、坑害过你的人学习
让他们都像我一样匍匐着，看你抽身离去
披散长发犹如折损的树枝
丰臀堪比墓地般庄严

当初是我邀请你加害于我
走进你，像走进一间病房
我还会驶回那罂粟埋尸的黑暗腹地
别怕这分离，但愿人生过得迅疾

你我终于把全部的缺陷攒齐

你六十岁的裸照陪我下葬

别忘了，到最后，一切是平局

临摹

方丈跟我在木槛上一道坐下
那时西山的梅花正模仿我的模样
我知，方丈是我两万个梦想里
——我最接近的那一个
一些话，我只对身旁的空椅子说

更年轻的时候，梅花忙着向整个礼堂布施情道
天塌下来，找一条搓衣板儿一样的身体
卖力地清洗掉自己的件件罪行
日子被用得很旧很旧，跟人一样旧
冷脆春光里，万物猛烈地使用自己

梅花醒时醉时，分别想念火海与寺庙
方丈不拈花，只干笑
我说再笑！我去教堂里打你小报告
我们于是临摹那从未存在过的字帖

一如戏仿来生。揣摩凋朽的瞬间

不在寺里，不在教堂，在一个恶作剧中

我，向我的一生道歉

表妹

那年头，月亮还很乖
坐在那里，叫人看
我不会鞠躬不会笑
跟谁都可能遇见
种种称谓之中
我只愿做诗的表妹

月亮蹭过窗户、门板
连同植物的叶片，像个小阿姨
伺候在家坐监的你。表哥，
玉兰花一开，你就将白纸杀伐
我要你浓墨，我要你婆娑
我要你踩着高跷才吻到我
我要你每天将我安葬一遍
像烧掉一页写坏的稿纸

我要你每晚喂给我一勺悲伤的笑话
我要你负责繁衍，如同科学世界
在假设之上推敲得兢兢业业
这座幽灵之城，
我要你男子的长发与我秘密相连

我愿你认清字中的荡妇与烈女
还有那些被时代碾过的词句
我要你练习反转、双关、押韵
无限的停顿，妖娆的喘息
我要你做我生命中悲伤伟大的休止音
一生都在未完成的欲望里

我可以风雪之夜，死在街头
白日里永远在拒绝，却逃不过
梦中男人的追捕。表哥——
这样叫你时，我就能获得
一些伦理上的障碍，像面对
所有因艰难而迷人的事业

世界蜿蜒向前——

可以随时起舞，可以四处原谅

我还想滥情，对所有信所有疑

月亮它还没长大

种种称谓之中

我只愿做诗的表妹

帐子外面黑下来

你说，我们的人生什么都不缺
就缺一场轰轰烈烈的悲剧

太多星星被捉进帐子里
它们的光会咬疼凡间男女
便凿一方池塘，散卧观它们粼粼的后裔
你呢喃的长发走私你新发明的性别
把我的肤浅一一贡献给你
白帐子上伏着一只夜
你我抵足，看它弓起的黑背脊

月光已在我脚背上跳绳，顺着藤条
好奇地摸索我们悲剧的源头

一斤吻悬在我们头顶
吃掉它们，是这么艰难的一件事

亲爱的，你看帐子外面黑下来
白昼只剩碗口那么大
食言，就是先把供词喂进爱人嘴里

为了一睹生活的悲剧真容
我们必须一试婚姻

和平是多么不检点
人们只能在彼此身上一寸寸去死
狮群弹奏完我们，古蛇又来拨弄
它黑滑沁凉的鳞片疾疾蹭过脊柱
你我却还痴迷于身体内部亮起的博物馆
辛甜的气息扎进丘脑，雨滴刺进破晓
在这样美的音乐声中醒来
你是否也有自杀的冲动?

遗忘如剥痂，快快抱紧悲剧
趁无关紧要之物尚未将我们裹挟而去

这些悲伤清晨早起歌唱的鸟儿都死了
永夜灌溉进我们共同的肉身

愿我们像一座古庙那样辉煌地坍塌

你背上连绵的山脊被巨物附体

我脑后反骨因而每逢盛世锵锵挫疼

——你的痛苦已被我占有

帐外的麻将声即将把小岛淹没

我渴望牺牲的热血已快要没过头顶

幕间戏剧

他指间棺材钉如黑水中疾行的帆船

蓝蟹钳紧它蓝色的瘾

直至瘾烤熟自己

他的爱因而有种恐怖的气氛

走私提香的最后一艘贩船出海前

他将蓝色的火苗印上明信片寄给画中少女

少女战栗地捏住谋杀请柬——

她被邀请担当一场婚礼主演

没那么难，你在梦中杀过人吗？他掐灭烟

没有青春赌明天了，只能拿命来赌

活在黑暗极光和毒酒炫彩里的男人

焦黄的手指搭上青汁饱满的肩

家庭安宁有如墓床里的暴动

是爱人？是知己？少女从裙裾里给他掏出十个情敌

提香清洗过后现出墨索里尼

她立志五十岁后学习抽烟、酗酒、海睡晚起

祝我们都过上不健康的人生！生日宴会上她举杯

酒精渍进身体，有如底片被冲洗

谁都没有告诉对方：脸在变蓝

当他们交谈，磨砂纸蹭过嗓音

没人察觉到自己体内兜着熟食

翻遍词语堆积的岩层

剥开蚝肉般用牙签挑出真心——

正是这些安详了的破碎之物

拼写出风和日丽

横身的教堂

乌云扔下来好几斤大墨镜
她戴上碎掉的万花筒，分外看清
床单般的旧影，顺着引擎盖漆面滑脱
教堂的尖顶，由挡风玻璃上缓缓坐起
只要一起床，它就是个巨人

车把路削得锋利
她暗自期许：路再漫长一些，再拷打一些
两侧时时生长的榉树林，正是秋季
变色的季节，满枝举起长牙的小梳和学舌的小镜
她心头的炉子点起来，呼吸都有了重力
生活在烧。即将插入瞳孔的高矗的教堂
烧成硬邦邦的神住的躯干
十一月冻裂的空气在烧。钟声在烧
死亡一页页烧得发光

如同创世以前，拥有完美对称性的宇宙
就在教堂黑色披风背后，她散落的桃肢杏影
出租车似的赶命跑，腰儿活闪的高跟鞋上奔
她们从四面八方自焚着赶来，燃烧地服从——
孤独具有的对称性
插入她身体的，是一座横身的教堂

让这条路淹进无数道路之中
在每一处瑕疵，建造起一座教堂
圣乐来临，狂喜中出席自己的葬礼
影子成为她们最好的坐骑
驮走愈来愈重的自己

黑色电匣

逆行。通向罗马的大道陡然下坠
我们坐进一只快速移动的漆黑电匣
好奇地，在大地上播撒战栗
在缓慢死去的人群中
峻急地穿梭。山丘惊屹

十字架如鹰般压住身下的大地
钝刀之上，抽割着共同贫乏的声音
当人们排队购买细小的公平
黑色匣底，没有城邦的神或兽
掷出尊敬，旧世界的胶片，拥抱过的手臂

一次次复活这尘垢般的时间
毁灭、背叛、交换，值得拥有
罗马人，最终变成了清洗罗马的人
世界还沉溺于剧痛后的宁静

让别人对我们的快乐感到恐惧

穿越歧路，所过之处警报齐鸣

在禁闭的尖哨声中，我们

将整世界的电全部收集

当她把头探出船洞

她眼睛的颜色随耳语变幻
一头幼狮般的海浪窜过——
骤然熄灭的细小片段，拼出
另一半脸，于船洞之阴影

耳语窸窣。细微的动作闪着
光泽。井中发乌的银子
缺乏战争淬洗，这个时代
只敢在自己身上寻找异性

爱与饥饿是世界的枕头
她竖着耳朵，整夜倾听恐怖的乐器
平坦船腹中，她贸然祈祷冰山

开口之前，先演习溺毙
船鞋甩出船嘴，裸身看一回

永不没入地平线下的拱极星

她要活在每一颗战栗之上

睁着上帝之眼

当她把头探出船洞，宛如

亲吻一颗烧毁的恒星

决心点燃——

喉咙上覆盖的那一层薄冰

夜航班

沙发　是一个肥肉横生的沙发上睡觉的胖子
床单　是一条瘫软的跟张床单儿似的汉子
嘴巴　是专门拿来反刍谎话吐出鲜花的胃
两个人的激情到头来还是两个人各自面对

嘘！谈话乘上了夜航班，在迷雾中
越过身体里的沼泽
匀速的长途飞行等同于绝对静止
穿过这座语言之城的森然骨架，“我会在高高的塔顶等你”
塔底的钟表走得比塔顶上的更慢

“热恋是：我就坐在你背后，可你仍然思念我”
钟摆回过头来，她从污损的骨骼中召唤出象牙的光辉
城市的华毯在脚下铺展，“去，熄了烟，灭了灯
让我向你展示我妖娆的肮脏”

开飞机的孔雀拍击罗盘，“我深知自己此刻的疯狂”
在爱的巅峰，他们却感到了孤独

即便最深刻的激情，也只能由双方独自吞咽

长夜体内的丝即将被抽尽
睡在一片浮沙之上，他们的气息愈来愈轻
以死寂来谈论欢娱
如同两个活着的无聊人

直到晨光蛛网般织进她身体的纹理，她腾地坐起
“我可以有阴暗的思想，但必须有光明的生活”
话音未落，谁将看不见的硬币塞进她嘴里
等着她如一架自动贩货机般
吐出答案

午夜狐狸

一只锦衣夜行的狐狸，脚下大地黑漆

城市枝丫将手臂伸向天空的深坑
驼背的兔子套上银色西装
长颈鹿在香奈尔5号的瀑布里冲凉
每一条窄窄的下水道都连接着纪念碑

大神们如今都不坐班
午夜脚手架怯生生下凡一只狐狸

祖祖辈辈靠勾引书生拯救人类
书生，是狐狸回乡的梯
狐狸凝视水晶球的眼神
好像诗人想念属于他的小行星

只见那读书人坐在一团迷惑里

一圈疯蛾子正围着他的脑沟采蜜
伺机潜入屋，狐狸正欲变身美女
读书人转过头来——
读书人自己就是美女

男人在这世上找不见了
小狐狸从此留在了地上
悲伤让它无法直立前行

大才华与小容器

草坪野人，逃课，日光浴

你的胡茬比青草更扎人

你的气息比打洞的小鼹鼠更不安分

在威尔士涌动的大草甸上，旁边

还有我们保守的邻居——

一头壮牛盯住了发呆

走开走开，自己去啃大地的汗毛，看什么看！

它犟在那儿。一动也不愿动，斗胆

招来方圆十里的同伴，牛奶和巧克力

一道灌进风肚子里。对牛弹琴！

大才华放进了小容器

草坪野人，在一只只斗篷大的吃惊的牛眼下

省略号

一个浑身长满问号的女人恰巧路过

惊得——像根弹簧

窜直了所有被年华打败的腰脊

眼

不睡

是

一只贝壳扣在她眼下

颗颗夜晚明珠般不肯黯淡

猫头鹰瞳中她脚趾甲盖是月光石

喙般的鞋跟一盏盏踩灭灯笼

城中满地太阳，一万双黑眼睛高悬

拉开幻想之眼的拉链

放出一个夜晚，动物园正走失一头美洲豹

收留一个夜晚，如孵出一枚蛋

拉上幻想之眼的拉链

裤子一路提过头顶

更老的与更年轻的自己依次往返于这具身体

憔悴的眼，待浸入海水回炉

瞳中之人，没人能替你合眼

写小说的人

——致 L

他将自己泡进悲伤入药

饮酒的贵妇们拿玻璃弄疼玻璃，一面讪笑：

这个人，用长发和女人比美

肌肉强健活生生一个大卫

冬天睡觉只盖一片嘴唇

你还不知道，

他胯部储满蝴蝶翅上斑斓的眼睛

一声蝉打开夏天，他铺开一张信

摊平的脑页上钉满了梦中的指路牌——

在拥有与逝去间镶有颗黑色珍珠

发自深海的呼啸只有苍穹可以吞咽

回来时，山也小了水也小了

那就盖一间草堂

娶一群姿色摇曳的词

或者，

饲养一碗水

他将自己潜进悲伤入药

完成一场漫长的祭祀

向生命中的残忍致敬

把笔——

锯向发红的树心

面盾

云团被分割的傍晚。她在消失的语言中
寻找蒙面人的脚印，仿佛跟踪
地球苹果上，削掉的一片时间
你的面目未曾显现。盾甲，一种逃离
古兰少女躲在树叶背后的
眼睛，有生之年裁剪出你一天中的动人之景

透过昆虫的翅，她看见盾脸上繁缛的花茎
像一片湖水，倒映出心头的缠蛇
那比日日夜夜更为漫长的鞭
雷电把你的柔情送进她耳骨深处
在那里，死后，骨头和骨头亲热
如同在无星的海面宅邸
尖刀般的浪涛上她与暗夜互赠诗篇

脚印叠着脚印在人间施善行骗

面盾——可以同时藏匿一个最好的人和一个最恶的人

难道要她跪下，清洗被你走过的有毒土地?

谜面戏台般升起，答对的或猜错的，永不落幕

她想切开的云团，原是一块生铁

饥饿一般的咸

你的面目成为一切奥义

最后一天，她会站进骨灰匣子

向生命中不可解释的事物——

尊严地回礼

夜的政治

——纪念西非“性罢工”一周年

光把一团冻雪投进身体匣子。里面是夜——
千家万户的灯盏这时消失，只剩子宫里的那一盏
亮着。沉默在集结，战斗的身体
今夜所有邻人家中，姐妹罢工都在进行
对丈夫对情人对男友对客人
油彩顶在头上——
我爱顶嘴的非洲小妞，
这一刻不要与男人为敌，否则国家经济就要崩溃
不要没休止地殖民过去，只怪那鲸鱼须没锁紧你
权力，像一枚小图章，把每一个角落
无微不至地糟蹋——
身份证上是一个陌生人，枕边是另一个
你的道路不在你身上，我选举的不是我自己
真相的天空我们够不着，只拥有这个沉甸甸的夜
光，停落在一些凸起的塔尖。世界——
只剩下各种各样的沉默

塑料做的大海

最后一次呼吸闭眼停止换气。我练习消失。

是蓝色，蓝得太假，像一圈浅蓝色的塑料板

塑料做的大海，塑料做的誓言

我终于赤足走在我意念构建的世界

这里天荒地老每日发生，相爱是生存法则

海豚是飞的，外面的人类还在爬行

椰子树撅起的肥臀露着妊娠纹

我一不小心爱上坠落沙地的

笨重的花、过马路发呆的小蜥蜴、天花板中央的壁虎探子

和露天马桶上的红蚂蚁

热带总是这样感情凶猛，天公打雷如打嗝儿

我意识到需要创造一个爱我的男人，在盛满海水的浴缸旁

怯生生递上白毛巾，证明我的此刻

又是一个不小心，我把他造得太老了，风都刮不动

会落泪的，温柔的老年斑

我说扮上吧，海水中央有一座大戏台——你过去
换上沙丁鱼的皮肤和关公蟹的凶器
这样你就能刺破我制造的幻象，回到真实
我会收回这一切，把日夜折叠，把大海灌进高脚杯
杯子里全是蓝色。一世界的蓝色。真得太假
塑料做的大海，塑料做的誓言
蓝色，蓝色。

书架公寓

冰蓝的海水从书架间退去
大匙搅拌日夜的光子
缺口的七色贝壳，水蟹的断肢残骸
和风在沙子上做过的一切功课
巨大的书架跛立在退潮的海滩上
脆弱而毁灭——
一幅关于损失的画面

当人们在时间里迷路，我们就居住在这书架的某一层
那光景，日月曲折，白昼总也翻不到尽头
你耳郭里饥饿地灌进蜜饯
我骨中音乐是卷曲的落叶
海巫的汗滴晕成一场蓝雾
书架公寓——我们最后的栖身之所
这世界的唯一残存，腐蚀日夜加剧
你我却不惊慌，像上班一样目送又一章的消亡

仍相信纸笔有扭转世界的力量

书写时代的唯一子嗣，你的笔体如今只有我识

在你面前我可以无所不能——

我能闻出谁刚打阳光下走过

我能从背后喊住那匿名的神

我愿做你僧袍上溅洒的一滴墨水——

随将倾的大厦在机械风暴中坠机

键盘的电闪无法撕毁我们之间贞洁的契约

有人在笑话，我们的表达太过浪漫

可别忘记，我乃表演系出身

装萌、装深沉、装诗，我都比他们在行

大不了在一个无体温的年代

做一对有体温的机器人

我还是要住回这一幅损失的画面

听我的落叶，你的蜜饯

就在被切分的瞬间，瞥见书架后一闪而过的美人鱼

她的容颜在四分之一秒内消逝

剩下一截鱼鳍隐隐落在空气里，发光

深渊边的新娘

她是黑夜的新娘
身穿黑色的婚纱
在魏玛的那一年是最后一年
声音之上，还有一个永不申辩的国度
死者累积夜之伟岸

深渊边徘徊的新娘
柏林墙上的舞步危险才美丽
直至戒指失足与民主联姻
为这罪行累累之身——
她学会了一切复仇的语言

回声女郎

她迷宫般的耳朵是用来爱的

倔强的小口是用来决斗的

不会眨的眼睛是用来预言的——

妖和男人在渊中凫水

此刻，她眼中集合了所有未来的倒影：

是猎人，他是妖的第一个男人

“你有名字吗？”他问，声若海底沉金

——你有名字吗？——

妖答，众兽止步倾听

她一开口，沸锅里搅起一片儿溏心舌头

门牙中央裂开一道极为妩媚的齿弦，

一笑，就有小鱼扭腰而入

“无所谓——”

推开她，白色的气根在她周身娉婷

——无所谓——

抱着她，猎人如抱着一团炖烂的云

他们吃惊地玩尽世间游戏毫不疲倦
妖盯住他一身的缺点着迷不已
那猎人在她身上得以无限伸延——
双腿化作两簇水流拂过顽石
脸面贴着青山升起
从此她寸步不离
猎人跨出水域，她跟着搬动礁石
猎人迎着太阳，她在他荫下纳凉
她时刻溜着猎人的影子
“别跟着我。”他烦道
——别跟着我！——
她抢到他身前

他开始想象另一种过去
“你倒说话。”
——你倒说话！——
妖迫切回应
他无奈摇头，丢来羊脸鹿嘴“吃肉”
——痴肉——她摊开自己可爱的胳膊大腿

猎人顺势将她揪住："给你做个记号！"

——给你做个记号……——

他在她软玉的耳垂造下属于他的伤口

拿秋草捻线穿过，悬坠两扇鲜红鱼鳃

"美死了。"他骄傲地拨弄耳环

——霉死了——她厉声抓挠

轮到妖了，她偿他以一场外科手术

妖竖起众多钢化的气根

剥鸡蛋般剥开他的麻木

现出幼滑可口的瓤——

她努力矫正他失去的感官

让他千百倍地快乐千百倍地伤心

猎人再醒来时，已是个天生敏感的诗人

他尝出水有七十二种味道光有八万种表情

他还每天念出动人的诗句让她重复

哦，她的回声让他心碎——

他多么渴求她先开口，先说爱他！

他再也无法射杀一只会喘气的活物

猎人渐渐耽于幻想出的忧伤

像一种可以耗尽体力的陈疾
他们沉默对决，眼泪常不请自来——
一首最恶俗的歌曲亦可激起他疼痛的柔情
任何辞令、气味或不甚粗糙的物品
都像盗墓者般迅速掘出他胸间郁郁的块垒
爱的肿瘤叫他呼吸都成了受罪
“冤家……”
——冤家——
他哀伤狂躁地想，原本已经忘却了
可该死的音乐却再次发现了他的忧郁
妖和她的男人就在泪中凫水
她迷宫般的耳朵是用来爱的
倔强的小口是用来决斗的
不会眨的眼睛是用来预言的——
忽然，眸中出现了一杆猎枪

他掀翻水中倒影，瞄准那条妩媚的齿弦
“疼一下就好。”他哄她
就图这最后一霎温柔，她不躲不闪
妖不后悔创造出一个真正的狩猎者
——疼一下就好——

妖还轻轻安慰。她一笑，他就开枪

……

有一种“啸”辉煌圣洁，山林耸动

听懂的鸟兽都说，他在道——“我爱你”

仅仅是希望喊出一声时

空旷天地能有回音

克莱因瓶[1]·钓人

你把男神伺候寂寞了

花不完的时间里，他发明出新招儿：

钓人！

真理是绝佳诱饵——

拴上隐形的鱼线，从天而降

（知道你远不是对手，就先将你狂乱繁殖）

神一心万用，众竿齐发

悬吊大大小小的道理

（琳琅满目如逛猪肉市场）

你就开始满世界奔跑

上天入地观察实验得出结论

1 克莱因瓶（Klein bottle）是一个数学概念，指一种无定向性的平面。其结构可表述为一个瓶子底部有一个洞，先延长瓶子的颈部，并且扭曲地进入瓶子内部，然后和底部的洞相连接。和平时用来喝水的杯子不一样，这个物体没有“边”，它的表面不会终结。它也不同于球体，一只苍蝇可以从瓶子的内部直接飞到外部而不用穿过表面。

科学家般殷勤恳切

（寻求答案是消耗的旅程）

你很快行将就木

被钓进天堂

女神好赌

拍下话来，欲与男神一决雌雄

“我用腹语教他们不上你的当！”

（你是骰子，他们的伟大调情离不开一个第三者）

听着——

不用先赶到自己的对立面

世界再乱，你原地不动。

她盘腿而坐

派出许多名叫“女人”的温柔饵料

娉婷穿过雨丝般垂落的钓线

专心采摘“现在”

对其余视而不见

不同的视力创作出全然不同的世界

世界再乱，你原地不动

（她授予你禅定的奇迹）

小心上钩——

会有一条连续的大道

走着走着就从善走到恶

所过之处雪糕一样融化；

会有一件衣服

让你一层层脱下自我

从外在直接摸进肺腑

这是个多么刺激的真理：

你从一种理解出发

走到尖声大叫的高潮

继而走到自己的

反面！

听我说——

与你自己交织，就是同世界最大的亲密

（你就是世界的一张相片儿）

画面寂静：

你从自己身上站起，如梦初醒

在沙地里苦苦搜索一条不可缝合的裂隙
（那正是男神投放鱼线的锁眼）
你瞬间失去方位——
神乃至善，为何有恶？
你没有想过，也许
恶是乐趣

（而你的乐趣还在别人身上）
名叫女人
她被分割成许多等份，嵌进你的肉体
你从镜中一群群站起
将众多影子开膛破肚，她被纷纷解救
你们流血亲吻
开始跪着拼凑彼此
就在即将成功的时刻——
男神与女神忽然丧失了兴趣
拍拍沙土起身离去

梦扳机

噩梦是梦世界里的恶棍，它爱捉弄，还很黏人
它把我塞进一块石头，借一段哨鸣运至火星
并用临时死亡解释我对妻子的无动于衷
原来害怕是杯深褐色的固体酒，我的神经末梢上
还有截白天没交上的开题报告。世界以乱码的形式存在
火星满地是打碎的钢琴键，反叛优美
随时充当射杀的扳机。我年轻的情人这时朝我走来
她受雇于水中折射的时间　因而
在感情里显得职业
我曾被地心引力拖垮的皮囊被她装机重启
用根网线，连上赤红沙地里的琴键
顿时，星球表面沸腾，弹奏出气泡、水、山脉、物质和时间
我被最大可能地分享，里里外外亢奋交响
这才算是值得醒着的人生！
被复制的渴望与被单里的空气一样完满
我想同时生活在两处

情人坐在一朵岩石上等我，

（也许不是岩石，是核爆的蘑菇云）

她盘弄一座眼熟的身体，把那身躯像件衬衣般，里子翻到外面

（我瞥见那瞳仁里的黑洞翻过来就不见了）

她静默地等待，钻石的眼泪，绞开梦的塑封

我良心发现，领她来到床头

现在，教会这睡梦中人遗忘，

我来设一个局，欺骗未来的自己

早上妻子叫我起床，我纹丝不动

她眼睛空旷着

在那空旷的后方，

是1980年失踪的一支考古队

不对，她瞳仁里的黑色哪里去了？！她在哪里？

是她在梦！是她在梦！

被盗走的妈妈

——献给 H.E. 的“三八节”礼物

象群般的男人们啊

在海边、丘陵、烛光餐厅和万人喧嚣的广场

挨个儿抽搐发作，后肢跪地——

对求婚者的拒绝，是你人生收藏的勋章

那是往昔！金钻戒作象鼻环的峥嵘往昔！

不料，真正的对手被直送进你的腹腔

你肉身筑巢，在自我内部拉起了铁丝网

对那个曾牵着象鼻环的少女——

（她因懂得自私的艺术而有灵魂，

知道怠慢的技巧而风情万种）

你施行一场白色纳粹隔离

我蜷抱着联想起——

唐传奇中分身为妾慰藉远方良人的贤妻

时间是一截乳白色液体，你的瀑布剪断

（谁听见大象们在跺脚）

在我愉快的吞咽声中你忘却了自己的尊贵

你甘心成为器皿！

我不需要任何财产、条约或武器，只要存在

就可以活活把你逼进灶房、杂役和倒满洁厕灵的洗衣机

四岁那年我们蹭着脸蛋挤进牡丹牌圆镜

我懊恼为什么妈妈那么白而我那么黑

不用急，我有耐心将白嫩的你从镜子里

一片片剥下来贴到自己脸上……

像每一个被迷惑的房客恋着租来的青春时光

你义无反顾地——

鼓励我分分钟对你实施最严酷的盗窃

我每天从你身上多盗取一点，

你就更爱我一些

我披满你的细胞，但并不证明

我可以代表你再活一世

当才华、抱负、远大前程这些事儿终于与你没关了

你得到一个名字——

叫女人

眼皮上的世界

光是秩序的旅行

形是光的即兴

波斯毯背面拉开抽屉

关上眼睛我数星星

向日葵心钟表嘀嗒

嘀嗒是消逝的抵达

表盘上的长腿姑娘请歇歇脚

星空倒扣，飞镖般的星辰砸向锅底

恰如你深入世界的身体

虹

——致谢烨

天幕垂吊万千绳索

这一笔笔逆生的树

先知头颅是刺口的果实

能嚼得出渣滓

蓦然在夜心里跋涉，她赤脚

测探黑洞的深喉

温度表绿荧荧不觉冷热

空气是碎掉的白刃

骨头在身体里瑟瑟摩擦

那是他们曾挤在一处的大腿

光还在吞吃一切祭品

从斧底觑——

一座弯上了天的虹

生日

蛋糕边，你在掉漆

不问镜子也知道，你是颗日渐走形的电灯泡
到底还有多少光热？
待将这一桶黑色年龄灌进去测量
水位不是一岁岁退潮，
你不是一年年变老，是一回伤心一回伤心
这一秒的你已比上一秒更无能为力

压根不需要什么烈酒消耗
你每天都在饮自己的余生

不完全拷贝

一

博士在菩萨洞中喝闲茶打麻将，百无禁忌给狱友们看手相。诸身困在此生此世。看到自己的手相，博士立刻跪倒在地。

二

博士采访城中一只乌鸦，问一问在乌鸦般的黑夜飞行，是不是跟大白天做白日梦一个道理？

三

有时候博士来回踱步，不为思考，只为让高速路上的大脑停止运动。

四

有时候我坐下来一动不动，只为拔掉思想的脚踏电源，把博士赶下十一路公车。

五

博士决定钻研“思无邪”病菌，一种红色的极微恶尘，经思想传播，引发大大小小的发作。邪念一动，立时暴毙。

六

为了立刻看到美国，修道者开天眼，科技开发视频。博士的方法是试验真理的隔空搬运。真理太多，大真理吃掉小真理，真理的世界也有新陈代新，我劝博士不要白费力气。

七

实验失败，博士开始失眠。夜半梦中起身，和书桌前推开书稿般不费力气。

八

村头孩子迎道：“姑奶奶，你下学回来啦？”我博士读到牙都断掉。

九

一个炊饼形的中年女人，领着一个黄旗袍的春卷形女童往门口走。博士立刻拐向最近的反光面，在汽车玻璃上运算她与炊饼、春卷间的时间形状守恒定理。

十

人为什么要通过劳动来证明自己？博士决定待在家里，用不劳动来证明自己。博士二十四岁便过上退休人员生活。

十一

二十五岁夏天，平谷的大桃儿水汪汪候在那儿了，博士不敢吃，担心里头住着两条赤身裸体的虫子夫妻。

十二

二十六岁春天，博士放心大胆边看电视，边吃有机大枣，不料一口咬下去，吃出个三口之家。

十三

成年女性追求家庭，本质是为了平衡年龄增长带来的自卑感。如果青春可以像英语一样，只要练习就可能维持提高，那么博士心想，永恒的女郎不需要婚姻。

十四

知识是环抱上帝的一圈镜子。博士在一面镜子里照出了天文地理，一面镜子里照出了窈窕淑女，在另一面镜子里照出上帝得了脚气，亿万真菌在皮屑上建造起一个城邦。她拿达克宁一抹，无疑用化学武器屠城。

十五

我问博士喜欢什么？她说喜欢寿命长的东西，比如喜欢石头不喜欢人类，喜欢乌龟不喜欢龟毛，喜欢死人胜过活人。

十六

昨日的我在去世。每一个昨日之我都是今日之我的祖先。我成为昨日相似相续的子嗣，部分的复制，不完全拷贝。

灵魂体操

1

总是这样，最贞洁的人写最放浪的诗，最清净的文字被里有最骚动的灵魂。

2

莎士比亚的时代，诗人致力于制造快乐；而如今，诗人主要制造痛苦。

3

古典诗学中，政治与诗歌可以互为衣裳；到了现代，他们才开始相互仇恨。我想我可以穿上衣服爱，也可以脱了衣服恨。

4

据说，一个唐人可以仅仅通过屈原，建立对楚国的历史认知。如今社会对诗人的依赖已降至最低，诗人于是进入另一种无限自由。

5

一座隐秘古堡里，正上演禁欲魔鬼和好色天使的假面舞会。诗是递给守门人的暗语。

6

美，是一种类似堕落的过程。

7

如果不是失眠，我不会有空写诗。闭上眼睛，我就不待在这个时代了。

8

辉煌雄辩的年代，诗人不仅口吐警句，还负责缔造出一个族群与众不同的灵魂质地，建构一个民族的品性，同时干预最强者的行动。这个时代最好的存在，完全可以成为下一个时代最遭人反对的事物。

9

二十岁写诗是真心风流，三十岁还在写，是风流后的真心。

10

我妈问我将来会不会成大师。

11

我有点任性，灵感比我还任性。比如今天，我已在桌前静坐示威四小时，逼灵感现身。

12

现代人思维跟打拳一样，全靠套路。诗来找我，成心跟思维作对，跟逻辑作对，跟任何一颗常速运转的脑壳作对，直到写得我脑筋嗞嗞儿地疼。

13

要创造一种非现代、非古典、非三维、非逻辑的语言，诗可以与哲学、数学、天体物理的至高点相通，这是我心目中现代诗的样子。

14

诗歌与表演：诗人的生命存在，先天具有表演性。世间情感在坠入尘埃之前，都先在诗歌里坠过一遍。

15

风格转变：醒来一照镜子变成了另外一个人。啊，间谍！快，我们得扮一下间谍，不要让他们发现，生活的尖叫！

16

诗与宇宙大爆炸：一首诗歌创生之际，体积为零，“诗核”有如上帝之火般灼热，是那尚未到达的一颗星，等待瞬间的点亮，在诗人手中膨胀，温度下降，粒子碰撞、吸引、湮灭、逃离，诗歌胀满无限空间，或成为百万亿首诗。诗人写下的部分，相当于于哈勃望远镜看到的一小部分光滑宇宙。更多的诗，逃逸到太生的混沌中去。

17

诗人写小说：过程像无比乐意地受刑，或板着脸变相着送礼。往往是绕，没办法，他们的智商不容许他们写太浅白的东西。

18

远比翻一页书或投一次胎更快，整个人类社会都已生长到了该受上帝诅咒的年龄。而诗歌向来负责克服自己的时代。危险——是现代诗最重要的品质。

19

有一种书摆在那里就是一个物种。

20

我想往心里投一块金子，问一问“自己最内部的音色”。

21

我爱的，是只为使命工作的义工。我爱的，早已不仅仅是一个你，还连同由你生出的另一个世界中的八个、八十个你。

22

最伟大的文学全不是文学，而是道。

截句三十三首

——献给决斗中的人

1

与敌人共娱

在一间体面的地狱

2

美，是一种类似堕落的过程

3

瞬间与玫瑰一同枯萎

今天我喝下了一整座修道院

4

我身体强壮，只对人过敏

5

一个男人以道德的形式到来

6

插入她身体的

是一座横身的教堂

7

早上，采露水泡茶

晚上，接雨水煮饭

8

我希望得到这样一位爱人——

他是温柔的强盗，守法的流氓，耐心的骗子

9

精神科医生被患者灵魂绑架

抓去疯子扭曲的时空代受酷刑

诗歌没有尊严的时代，诗人改做间谍

回到审判者的枕边

10

未来的生活，即是我写下的部分

是神鼓舞了我的失败

11

黑茫中等待的人

等待用白雪洗一场澡

12

我在世界的任何一所黑夜

13

我在地上睡了

我在天上着陆

14

大海的材料是一万片蓝色的镜子和一万双蓝色的眼睛

大海的味道是一千条咸鱼晾在有风的过道

大海的声响是一百头大海豚睡觉发出的呼噜响

大海的脾气是一只小海鸟一天的运气

15

艺术的灰尘堆积成上帝的容颜

16

我奔走乡间，搜刮各地的脏话俚语

准备创作一部每行每句都带粗话的小说

17

最浅的痛苦莫过于

失去一个值得失去的人

18

我寻找的灵魂就是你的造物

你召唤的鬼魅就是我的法典

19

人类承受不了自由

承受不了爱

承受不了美

20

大师们漂亮的偏见

完美建构了这个世界

21

将绝望作为日常

在错误中高歌挺进

一夜都在篡改人生，你决定起床

接着做醒着的自己的奴隶

22

今日未见，雪载盛情

他日相会，侬心似雪

23

爱一个人，不是等待对方来爱你

而是等待对方不来爱你

你站在原地，把这爱站成了一尊石像

24

此刻

你是一切人

我也是一切人

我们就是全部

25

伊斯坦布尔的旧城街上

除了男人就是猫

他们是上帝造下的配偶?

26

她漂亮的手指上永远有墨水的脏污

口袋里揣着纸和口红

以恋爱的姿势工作

27

花瓶的身价取决于它摆放的位置

28

存在，作为自身的模仿

永恒的模仿

只有自然不惧怕被抄袭

29

我在一个笑话上倾注了全部生命

30

天国里不穿制服

31

我的乏味足以与世间万物相匹配

32

你瞧见没?

字里行间那凶手的微笑

33

我是地狱的常客

我再悲伤

也是凯旋的悲伤

我们这一代人没有真正的青春

——杨庆祥对话戴潍娜

受访人：戴潍娜（下文简称“戴”）

采访人：杨庆祥（下文简称“杨”）

时间：2014年4月11日

地点：北京当代商城咖啡馆

杨：先谈谈你的家庭出生之类的吧，不仅是父母辈，可以谈得更远些。

戴：我们家是N世同堂。从远的说吧，我最年长的亲人是太姥姥，按我们那边方言，我称呼她“太太”。她是民国最早一批上女子师范的女人，是知府孙女。祖宅有江左名园“日涉园”，取自陶潜名句“园日涉以成趣”。现在无锡有一个“锡惠公园”，曾是祖上宅邸的一部分。这是我妈妈那边儿的。

杨：属于士绅阶层。

戴：算是旧文人阶层。我太姥姥活到了一百整岁，终身念佛、吃斋。“文革”的时候她把家里的所有财产全埋到了化工厂地下，“文革”一结束，挖出古董宝贝后，她就不承认是自己家的了，所有那些财产全部归公了。她那一代女性也挺神的，还颇为女权，我太姥姥生了好几个孩儿（有去了台湾的，也有早早去了美国的），但这些孩子她都没有自己带过，她对时局和人与人之间的关系似乎有特别透彻甚至冷漠的认识。家里那个时候有裁缝，有奶妈，有梳头的人，孩子一生完就扔到奶妈那儿去了。

杨：现在很多中产阶级的观念是有问题的，比如说孩子应该要父母陪伴，孩子的教育应该是由很多人共同完成的。

戴：对！过去孩子是有多层教育和多重榜样的，妈妈是一个慈爱威严的大母性形象，奶妈则是可依赖的母性具象，此外还有先生老师……所以在孩子的生命里，世界是复杂化的。不像现在的小孩，我身边很多80后朋友都已结婚生子了，成天围着孩子转，变成了奶爸奶妈了。这种情况下，小孩的世界里只有爸爸妈妈两个人在为这个世界立法。

杨：其实这是培养另外一种自私。

戴：没错。我妈年轻时候拉得一手好二胡，但是生了我以后再没碰过二胡。我很多年都无法理解她的这个转变和她对待艺术的感情，直到入世渐深，才慢慢咂摸出一点其中无奈又深沉的况味。

杨：那你觉得，这样的家庭情况对你现在对世界的看法有什么影响呢？我觉得出身对你的影响应该是蛮大的。

戴：血统的影响对每个人都是真实存在的。上大学后有一年暑假，爷爷让我用毛笔誊写家谱。记得当时每抄录一个名字，都心存无比的敬畏和亲切。我们每个人都是自己祖先的合集，世代祖先在我们身上一遍遍重活。我们家很注重祭祀，此外非常敬老。我爷爷奶奶身体非常棒，现在还能下胯劈叉。我也算是泡在中医和道家养生的家学里长大，对世界的认识也由此不同。太姥姥我虽然接触不是特别多，但印象深刻。我印象里她是个非常优雅的女性，一头纯白的头发，皮肤到九十多岁还是很好，她识人很深，有主张，还能掐会算的。家里其他人虽然不信，但真遇到了人生的大困惑，还是会偷偷跑去找她。那个时候，她就觉得女性读书最重要，她自己每天的生活规律就是上午诵经，下午看书。

杨：那你小学、初中、高中的教育都是在哪里完成的？记忆深刻之处在于？

戴：小学、初中、高中都是在江苏如东，噩梦般的教育。

杨：为什么是噩梦般的教育？

戴：可能我说得太偏激了。其实我特别烦上学，虽说我已经念到博士了。我从幼儿园开始就特别烦上学，极其讨厌教育制度的规训。

杨：但是你成绩一直很好。

戴：成绩好不能代表什么。

杨：这就很奇怪。一方面你非常反感，但另一方面你又非常配合这个制度。

戴：算是内在的反叛吧。我爸也特烦学校教育。幼儿园期间我基本上没在学校待过完整的一天。上午上会儿课，中午我爸就偷偷把我从学校运出去了。我们一起逛街上的影剧院、录像厅。除了成人片，多高级的、多无聊的，我们什么都看。80年代末上映过的所有电影和绝大部分录像我都看过，那真是人生最美好的一段时间。在录像厅里，老爸会像对待小哥儿们般给我递根烟。他在一旁吸烟卷，我也装模作样地叼在嘴里，直到烟头快烫到嘴了才吐掉。现在想想，我“动物凶猛”的游荡期来得真早，还是跟着老爸混的。后来上小学，美好终结了。

杨：我记得你高考是江苏省前二十名，你上大学时我已经大学毕业。那个时候其实已经开始扩招了。

戴：扩招对我们那个地区其实没有太大影响。江苏人高考是跟自己人 PK。话说“全国教育看江苏，江苏教育看南通，南通教育看如东”。为什么呢？就是一个地区教育太好了，高素质人才就都流出了。人才流出还不要紧，关键是人才流出后，家长的资金也全部被带出去了（笑）。中学是我人生中最美好的噩梦。首先它一定是一个噩梦。国家1993年就开始实施双休日政策了，可是中学六年时间，我们学校从来没有放过一个完整的周末。周六下午放假半天，次日是全年级排名的“周试”，半天假期仅仅意味着学习地点的转移。六年的时间，除主课以外，没有劳动课，没有美术课，没有体育课，没有活动课。课表永远都是语文语文、数学数学、英语英语这样两节连排。睡眠永远不足。下课是最安静的时刻。全班没有人出去玩，全都趴倒在课桌上，小猪似的呼呼睡觉。我毕业后回过学校一次，正好是课间，隔着大排窗看到一班歪倒睡觉的小猪，真觉得那是一幅太残酷的图景。小学的时候则更夸张，罚站、罚跑操场，这些都是太常见的事儿。尊严和自由是什么？人性黑洞的底线在哪里？面对歧视和不公，为什么总是全体的沉默？这些问题都提前到来了。

杨：有时候还挑灯夜战，自己还加班。我们那时候跟你们差不多，但可能比你们要轻松一点，一个星期可能会休一天，星期天会休息。

戴：很多地区都是军事化管理。

杨：那么这对你人生会有很大的负面影响吗？

戴：有影响。我后来一直特别关注人类的集体无意识，从战争状态到奥斯维辛，从全村皆贼的案例到海天盛筵的荒诞剧。

杨：那你怎么叛逆？

戴：我能做的很少，也无非是在家长怂恿下装装病、赖赖作业。

杨：那你这个叛逆是在安全的范围内进行的。

戴：也有一定风险吧，就是老师会传她爸是奇葩（笑）。有效的叛逆行为其实没有，只有自己内心的痛苦和软弱的反对。我算是个比较坚强的女孩，中学六年唯一一次当着同学的面流泪，是因为校园里最古老的一棵大树被砍倒了。那棵树得五六个人才能抱拢，每天黄昏上百只归巢的鸟儿像片黑袈裟似的裹进树冠。可学校却把它砍倒了，围起来建了个绿化带，竖起一块省重点高中的钢牌子。后来又在绿化带种了棵小杉树。没多久，省里面有领导要来视察，正值冬季，杉树都是枯色。我们学校领导于是命令：用绿色的油漆把杉树刷绿。面对这么一棵刷了绿漆的杉树，我只有使劲儿写日记嘲讽。

杨：我高中的时候就会直接不安全地叛逆，就是我会直接旷课。然后学校经常勒令我退学。然后家人就会找各种关系再去求。我会经常寻衅滋事、斗殴，就是男生的那种叛逆。我觉得我当时也是对整个的教育环境……

戴：非常绝望？

杨：倒是没有绝望，就是觉得非常无趣，就是我要找好玩的事情。

戴：当时的教育环境是非理性的。

杨：对。我就非常喜欢找好玩的事情，经常拉一帮人抽烟喝酒、旷课，男孩子嘛。但是后来我在高三的时候就突然强烈地意识到，我要参加高考，要改变命运。知识改变命运，我不知道为什么这种氛围比较强烈，出身农村的人可能这种感觉强烈一些……

戴：我们那儿也差不多。上升路径是独木桥。成功的概念是那么单一。只有进入名牌高校才是正道，毕业以后只有当官才是正道。

杨：现在还这样吗？

戴：似乎没什么改观。

杨：那现在我们那儿可能就不这样了。现在我们那儿的人就觉得你挣很多钱，那是成功的标志。当然官本位还是会有，但我觉得大家对成功的观念可能在慢慢地转移。更注重你实惠的东西。

戴：嗯。

杨：高中完了就是高考。那你有没有早恋的经历啊？

戴：没有啊。升学率背后的代价是青春的荒芜。

杨：没有就是好学生是吧？

戴：好学生当中的“坏孩子”。

杨：没有别的什么理想主义的教育，或者是什么理想？

戴：家庭中倒是有爱的教育。

杨：那时候你有没有将来特别想从事的职业啊什么的？

戴：有啊。说来有点搞笑。小时候想当尼姑。我中学同学至今仍津津乐道我那时候成天要青灯古佛什么的。不过心里也是偷偷做过作家梦的。

杨：唉，我那个时候倒没想当作家。我高中时有很强烈的理想主义情绪，那时候觉得我要做一个法官。

戴：哦，你想为世界立法？

杨：就是当时对身边的好些不公平的现象，我还是充满了愤怒的，所以觉得要做一个法官。因为我当时高中生，以为法官是公正秩序的象征，能够除暴安良、锄强扶弱之类的感觉。所以我当时就特别想考什么中国政法大学啊，西南政法大学之类的。

戴：我是想要练成神功（笑）。说到这个，我好像也有过几段特别愤怒的时期，但我更大的愤怒是对女性在社会上的弱势，似乎从小就有很强烈的性别意识。

杨：哦，那这个非常不容易。

戴：我上学时热爱的两位绝色女老师，都因为所谓的“作风问题”，分别被迫辞职和受到严重排挤。因为这个，我对这两所学校至今仍心怀恶感。高考结束后，我终于可以和那位备受非议的年轻女老师同坐在一间屋里沉默着叹气。另外那位美丽女老师，是我小学二年级的语文老师，她因为一场飞来横祸的恋爱，被领导层层谈话，前途全毁，调去了乡下。几年前我“五一”回家，在商场里碰到了这位女老师，一眼认出了对方。

十几年过去了，她仍然惊艳得跟李嘉欣一样，糟糕的社会环境想扼杀这份美也没那么容易。

杨：其实好像当时的社会教育对我们这一代人来说不是很成功。比如对你来说，你的教育可能主要就来自你的父母，还有就是学校，而应该还有很大的一块社会教育，我觉得这一点可能比较缺。比如你参加一些社会活动，然后通过社会活动获得一些教育。

戴：那时社会只存在于虚幻想象中。我太沉迷古代武侠片了，还以为出门儿就是个绿林好汉的社会呢。

杨：像我这种叛逆的小痞子，可能冲到外面跟社会接触后，在那里面受到了很多教育，但同时也养成了很多恶习，真的。

戴：待在监狱里的人更可怕，就像电影《朗读者》里面那个女主人公在里头蹲了几十年，刑满释放的那天吊脖子自杀了。

杨：她不愿意走是吧？

戴：她已经无法迈出这个环境了。挺诡异的，我当时都觉得很多老师是没有私生活的，现在回想起来觉得挺可怕。老师们每天从早上六点钟到晚上十点钟就围着这群学生的成绩在转。

杨：所以我当时高中的职业愿想里面，有一个是首先排除的，就是中学老师。我觉得中学老师完全没有自我，就是特别单调、乏味、缺乏个性，这是非常糟糕的处境。

杨：“非典”时候你还在上学吧，有什么影响？

戴：没有太多感觉。即便到了世界末日那一天，所有人的状态都还是在那儿努力工作。

杨：对，“非典”可能对北京这些城市冲击大一点。我当时在安徽淮北，感觉也没什么事儿，就没什么冲击，没什么影响。感觉有些事情是必须要办掉的，其实没有选择权。所以世界末日跟自己也没关系，即便末日到来也要站好最后一班岗。后来就是考上人大了吗？

戴：是啊。

杨：你高考选的是？

戴：我是外交系的本科。

杨：到了大学以后有什么感受呢？

戴：第一次过寄宿集体生活，自理能力特差。开始两个星期天天在学校里迷路。还有文化差异需要适应，否则无法真正理解他人。

杨：会有这种强烈的感受？我倒没有。我当时也是寄宿学校，大学本科、硕士，都没什么感觉。

戴：就大一上半学期有，但是瞬间这个感受就过掉了。

杨：然后大学四年就是平淡无奇地过了？

戴：以前也跟朋友开过玩笑说，大学四年唯一的功效，就是把高中学到的为数不多的一点有用的东西给忘光（笑）。当然这么说完全是为了夺人眼球而言辞陡峭，失之公允。

杨：那等于就是大学没学到什么东西啊？

戴：当然不至于。虽说对大学教育的确有些不满足——不是理想中的大师之大学。

杨：大学应该自学啊，你没有自学吗？

戴：那个时候辅修了哲学，在哲学系我是认真地看了一些书。我大学前的世界观、情感观是武侠小说塑造的，上大学后则是福柯、尼采、海德格尔。

杨：这个和我有点像，我当时不是辅修，我是自己阅览，借阅大量的哲学类书籍看，学到很多。就是说，像人大这种名牌高校应该还是能给你提供一些不一样的东西。

戴：是的，人大是我的第一波启蒙，开始努力认识自己，认识世界。

杨：大学四年，那你除了课堂教育这些学的，自己没有去接触一些别的？

戴：谈恋爱（笑）。

杨：谈恋爱算是自我教育吧。

戴：也是认识世界的一种方式吧。

杨：那你在大学里有没有感觉到空前的自由、解放？

戴：所以我一上大学就胖了十斤。

杨：其实你不觉得在这个环境里面对自我的要求更高吗？

戴：上大学以后开始彻底地反思过去被规划的人生，自我纠错。中学时候的愤怒是没有出口的。上了大学以后，你突然为中学所有积攒的负能量找到了出口，就是自由，自由就是最大的出口。

杨：大学里谈恋爱其实是一件蛮普通的事情哦。

戴：最普通了。

杨：所以这个里面好像也没什么可谈的东西啊。能谈些什么不一样的东西出来吗？反正我觉得我大学谈恋爱倒是有一个有意思的地方，就是让我变得不愤怒了。我是个男性，我谈恋爱之后就觉得这个世界，诶，好像还蛮不错的。我以前对这个世界是冷嘲热讽，其实是非常愤怒的、对抗的状态，我谈恋爱后就觉得，世界原来也很好啊。

戴：我最大的改变可能是，让我发现人是可以有坏习惯的。你所有负面的、与规范不相符的东西可以释放出来，并且成为一种可爱的存在。

杨：那你大学里交际广吗？

戴：我大二的时候还参加着八个社团，英语协会、广播台、英语戏剧社等，还有学生会。

杨：除社团以外有没有别的，譬如社会实践类的活动？

戴：去美国、土耳其参加过一些国际会议。

杨：其实社团里面能学到很多东西吗？我一直对社团很怀疑。

戴：可以发泄很多旺盛的剩余精力嘛。还可以交到好玩的朋友，大学里不乏奇人。

杨：那时我就已经开始教学了。我是2004年到人民大学的。

戴：哦，还有诗歌嘛，写诗，这个要不要谈？

杨：要谈啊！你从这个时候开始写的吗？

戴：中学就开始锁起房门偷偷写了。

杨：也是一个出口。

戴：是很私密的出口，认真体会自己的存在感。

杨：这种自我的存在感好像特别强烈，就是要求证一个自我的存在感。为什么会出现这种情况呢？你觉得像我们父母这一辈有这么强烈的自我存在感吗？我觉得好像不是这么强烈。

戴：他们那一代人有整体的存在感。

杨：就是有整体，整体有存在感。所以个人倒无所谓了？

戴：对。而且他们对这个世界的感知是丰富的。他们年轻时，真的有很多时间做到跟世界玩耍，而我们没有。可以说我们这一代（特别是我们那个地区），没有真正的青春。我话可能说得极端了，但真的感觉没青春。

杨：或者说青春很苍白，很单调。

戴：很苍白。你处于完全跟世界隔阂的状态，你对世界是没有感知的，你只能通过逻辑意义去产生联系，你没有真正的触感！

杨：对，我觉得这一点特别重要，就是我们这一代人和实际发生的关系是虚指的。

戴：说得太好了。

杨：甚至比我更年轻的会更虚拟，比如通过网络、媒介。

戴：对世界的触觉消失了。

杨：对，你不知道世界有多面，你只知道某一面。因为虚拟的也是一面。

戴：所以要写诗嘛，诗歌直接跟存在对话。

杨：我现在不觉得。我觉得我们整个的写作也是跟世界不发生对话的关系，越来越有这个趋向。

戴：我也有这感觉。

杨：小说、诗歌都是这样，在自己的世界里面繁衍。

戴：它自己形成了一个封闭区间，内循环。这个很糟糕。

杨：对，很糟糕。

戴：我还是渴望有更多的体验。参加社团也是体验主义吧，过盛的精力想把每一块能触及的地方都涂上点自己的色彩。

杨：学生时代，其实我个人认为还是一个蛮封闭的时代。哪怕你在学校里参加了很多社团，其实你还是在学校，也是在一个围墙里面生活。

戴：人永远是在围墙里活着。不过有段时间想法也比较极端，觉得只用活到三十岁就够了。三十岁之前把这个世界淋漓尽致地体验完。

杨：三十岁也体验不完啊。

戴：这个是后来才慢慢明白的。

杨：是不是男女有别啊，我发现你对社会性的事件关注度都不是很大。貌似你会更多地关注一种内在的东西，比如写作啊，而我呢，会更多地关注一些很大的事情。

戴：我对外在世界介入得很晚，出国留学以后才真正开始关注公共空间。

杨：那你研究生是在国外读的吗？

戴：对。

杨：那说说这个吧，为什么当初要去英国？

戴：可能是对逝去时代的向往吧。我根本没考虑美国的学校，我就想去牛津、剑桥。牛津、剑桥虽说衰落了，但就是这种历史气息，没落贵族身上的落拓之气也很吸引我。我就想去那边寻找一点贵族教育、精英主义，尽管一切都不像维多利亚时代那么随性简单了。当时的学生会指给游人看思想巨人工作过的房间，还弯腰向窗玻璃投几块石子，说道：“就是那位伟人。”

杨：说说你的感受。

戴：到处是历史和故事。半夜跳舞回来，高跟鞋踩得石板路噔噔响，你不知道路面之下是巨大的酒窖，还是藏有莎士比亚手稿的地下室。长期生活在这些故事中的人，会渐渐染上一种轻浮懒散的生活方式，一种清教徒式和纯粹艺术家的严厉迂腐的精神，偏爱“极端的事物、古怪的人、绝望的情形”。

杨：那你觉得那边的学生，比如中国过去的学生跟英国本土的学生，或者是从其他国家过去的学生有什么差异么？

戴：英国本土的学生倒不是那么多。有意思的是，在牛津，书店比夜店更加能让年轻男女擦出火花。

杨：就是喜欢在书店里面发生一些故事。

戴：读书变成了一件很性感的事情。

杨：对啊，这个我觉得就是很大的区别。在中国你一谈到读书，很容易让人想到一个很傻的形象，或者是很落魄、很糟糕。在欧洲它感觉是智慧。

戴：智慧，性感而有趣。

杨：有内涵。

戴：而且格外有趣。十七世纪时，令人尊敬的院士和他们最喜欢的学生一起喝酒、赌博、嫖妓、旅游，甚至徒步五十八英里（约九十三公里）去伦敦再原路折回，只为打赌。

杨：但这是不是有一个前提，就是他们不需要考虑别的问题了，比如经济上的问题，然后他才会把这做成是一件比如说很优雅的事情。

戴：这是一个大原因。虽说如今的牛津也不是只向贵族敞开了，但学生基本都算衣食丰足。另外学校里黑人极其少，几乎见不到。

杨：这是一个很不一样的地方，就是不需要为自己的温饱问题而担忧。

戴：纨绔子弟是这样，就算已经到了山穷水尽，兜里连十块零花钱都没有，但是他还是可以像桑塔格那样骄傲地宣称："如果我身上只有十美元，这十美元还是用来打出租车的。"

杨：就是有那种贵族气息。

戴：可能吧。那真是一段最愉快的时间。

杨：这就是一个心态问题啊，并不是物质问题。

戴：就是鄙视生存问题。以此为耻。

杨：我觉得中国的年轻人这些年来最基本的一个问题就是，在生存上消耗了太多的精力。你这么一说就提醒我了。

戴：一代人有一代人的残酷。痛苦与痛苦没法比较。我们一代人虽然没有经历过灾荒战争，但承受的压力痛苦，不能说小于饥饿。

杨：这缺钙不是他自己的原因造成的呀，这是我们的历史造成的。这个就没有办法了。在牛津待了两年，那你在那边的社会观感是什么样子的？英国社会，老欧洲？

戴：缓慢、笨拙而有序。

杨：比如说你在北京，你会觉得，哇，好热闹啊，好嘈杂啊，这种力比多，年轻，急匆匆的。

戴：就是下了地铁走出来，迎面走来一百号人，每个人的面孔都苦大仇深，头上恨不得拧一把发条，每个人都好忙，要干点什么大事。欧洲有一种高兴的文化。高兴是一种文化。我在英国就觉得那边真是一个彩色的国度，不光因为他们的头发是彩色的，眼睛是彩色的，他们确实有彩色的文化。中国现在是普遍的焦虑、普遍的压抑。我不是说国外什么都好，英国自然有各种优越性，但你会强烈地感觉到，它的每一寸国土都已经被算计过了，发展和变动的空间有限。但在中国不一样，中国毕竟还是一个上升的地方，所以很多的毕业生还是会愿意再回到中国来。

杨：但是你还是觉得不一定是坏事？

戴：不完全是负面的，它是一种社会活力的象征。

杨：有没想过就一直待在英国？

戴：我觉得“海鸥”是比较理想的状态，国内外两头跑，两边的风景都不错过。

杨：其实你是有选择的机会的。这就慢慢凸显出你本身的阶层，就是说你基本上不需要太多地为生存操心，所以你可以有这么多的选择。

戴：这选择算多吗？

杨：但是大部分人，比如像我这样的，可能就没有这么多选择的机会。有没有过这种意识？

戴：选择都是有限的选择吧。

杨：或者说你有没有做出某些抉择时，有没有一种强烈的感受，就是我拥有比你更多的自由，或者是我和你不一样之类的。

戴：我对自由的理解是存疑的。我拥有的是我这个频段里的自由。绝对的自由，导致绝对的痛苦。

杨：你这个解释确实很和谐。其实你这里就是把选择做区隔嘛，就是你把选择视作是一个个人的行为，而不是说它背后其实有很多社会性的因素。因为你觉得这是不同的频段，人生不同的频段，你会有不同的自由度去选择。但是你要知道，有时候一个整体的社会或者说一个整体的环境，它会制约某些人的选择。

戴：制约必然存在，只是要看是不是理性的制约。比如古希腊有很强的礼法制约，中国古代有遵循“天道”的制约。

杨：所以其实，从这个角度看，你的阶级或者说阶层意识其实大部分是没有的。

戴：那真不是，我得说其实特别强烈。

杨：为什么特别强烈？我觉得你好像没有啊。

戴：你说我们算什么阶级呢？

杨：我们是中产阶级吗，我觉得不算。

戴：对，不算，中国没有真正的中产阶级。我们就是底层社会里受教育程度最高的一群人。

杨：那这一群人怎么界定呢？小资产阶级？

戴：现在很难界定。

杨：小资产阶级？也不行。

戴：那时候在牛津，有一部分中国的学生跟我一样，有一种强烈的意识，希望借助一个贵族血统去改变自己的阶级性。

杨：为什么？就是说你觉得一个人通过他的修养、学习，而不是他的经济基础可以改变自己的基础。

戴：后来发现是幻灭的，根本不可能。就是你不可能通过你优越的教育或者修养去改变阶级。现在没有科举制了。

杨：对啊，必须要通过经济基础，然后才是上层建筑。

戴：但年轻人容易会有这种妄想嘛，很多人都会对留学抱有特别大的妄想，认为"海龟"毕业回来就摇身一变改变阶级性了。其实没有，其实你只是坐了几趟国际航班的同样阶级的人。

杨：其实这种想法是特别小资产阶级的想法。小资产阶级总是试图通过自己教育上的优越性来提升自己的阶级属性。其实最后还是要回到经济上，回到资本这个角度来看。

戴：嗯，就像威廉·格纳齐诺写的那样，“你的睡眠质量太差，你醒着的时间太长，你平庸的事想得太多，你希望过多，你安慰自己太频繁”。

杨：所以后来留学的经验，对你来说，也不存在幻灭嘛。

戴：对我是一个巨大的启蒙，是人生第一个真正意义上的转折点。

杨：什么启蒙?

戴：对这个世界的理解，还有就是对公共空间的关注。不再局限于一个自我的范围，对外部世界有了更多的关怀。

杨：为什么会有这个变化?就是为什么会对公共这么感兴趣?是因为年龄的增长，还是?

戴：首先是交往方式的影响吧。在那边，我跟导师、同学或朋友一起的谈话，很少是围绕私人话题进行的，更多是谈论公共问题。

杨：诶，这个很有意思。

戴：这也是和国内的一个很大的区别。

杨：在中国我们同事之间的交往，甚至是教授在一起交往，更多地讨论的都是私人问题，比如说买房子、结婚、孩子教育、身体健康，中国人喜欢谈论这些问题。但是你刚才讲的，在国外他们可能更多讨论国家政策、环保问题……

戴：在一个特别精英的环境里，你会发现所有人都是忧国忧民的，人与人的交往方式更多是从公共问题切入，谈历史、谈艺术、谈政治，就是不谈生活。有时候你简直把握不了那个度，不知道要熟到什么程度，大家才可以聊聊私人生活。

杨：你是说他们更……其实这一点反而更加衬出他们更个人主义。因为有些私人话题是不能拿出来讨论的。

戴：我觉得更多的是大家对公共事务和政治参与确实有热情和关注，个体意见的介入是可能的。

杨：就是社会的参与程度非常高。

戴：非常高。西方是辩论型社会，这一点和我们国家在根源上就不同。

杨：对。

戴：话语引导太强势了，大众会跟从着一些低媒的判断。

杨：嗯。第一是讨论的方式没有建立起来，第二是讨论的空间没有形成。这就有点糟糕。

戴：对。

杨：这会造成很大的问题。失语啊，压抑啊，诸如此类的问题。好，这个问题谈得很有深度。然后就从英国回来了是吧？回来后你们同学从事了很多不同的职业？有什么感受？有没有挫折感或是什么？

戴：国内社会不适应症候群。

杨：就是从小学、初中到大学，可能前面你的挫折感都不是很强，但是进入社会的时候突然有强烈的挫折感。你先说你做了些什么工作吧。

戴：我回国初期待在江苏老家，当时觉得离家太久了，比较想和家人待在一起。

杨：做什么工作？

戴：我爸把我安排在家乡电视台，天天播播新闻，录完节目就溜回家了。

杨：那你做过电视节目的播音员是吧？

戴：算是吧。

杨：哇，那很厉害的呀！

戴：不觉得啊，只是不想坐班而已。工作没多久就有中学老师打电话过来很愤怒地问，为什么读了这么多书回来没出息地干这个。我发现在家里赖不住了，就来到北京。到北京后本着神农尝百草的精神尝试各种不同的工作，也到处投简历。我发现只要是我投简历，都能够进最后的面试关，然后见光死，最后一轮基本都会被刷下。

杨：为什么？

戴：开始我认为是自己面试表现不好，后来我一个闺蜜一语道破其中的玄机：其实人家单位一开始就没觉得我适合，但人都好奇，想看看牛津回来的人是什么样的。他们看一下再把你刷下去。

杨：哦。这是一个很龌龊的方式。好像在新华社干过是吧？

戴：做过编辑，也做过记者。

杨：后来发现做不了，不干了？

戴：实在做不来。

杨：每个媒体都是这样的。但这其实是现代社会的一个最基本的状况，就是信息，大数据时代嘛，庞大的信息量。那你怎么办啊？

戴：一方面巨大的信息量，另一方面每个人的思考空间被挤压到最小。

杨：对。

戴：刚刚来北京工作时，最大的感受是，地铁是一个压抑的地方。有时甚至觉得地铁是一个可以让人性扭曲的地方。

杨：为什么？我经常坐地铁。

戴：地铁本身是一个封闭的空间，它跟公交车还不一样，它跟外面的世界完全没有联系，而且它是一个地下世界，这地理环境首先就决定了它是有一种令人窒息的气质的。然后坐地铁时，我经常发现地铁里的人很少有一个是愉快的。地铁里你能看见笑脸吗？我几乎没有看见过。

杨：是。

戴：一帮渴睡的、憔悴的人。契诃夫有一篇短篇小说，写一个看孩子的小杂工，已经困得不行了，极度疲惫了但是还要劳作，结果心生恶意和怨怼。地铁里到处是这样的人。

杨：这基本上符合地铁的描述，但也是有笑脸的。我记得我坐地铁还是能看到有人在笑，有人在闹。大概，年轻人嘛。

戴：还有一点，地铁里肉体的距离没有了。

杨：这个没有办法呀。

戴：肉体的距离没有了，这个很糟糕。当一个人肉体上的距离没有了，他的道德程度和他的尊严羞耻是会瞬间摔碎的。

杨：我深切地感受到这一点，就是除非你跟一个很亲密的人在一起，要不然保持肉体上的距离，很重要。

戴：非常有必要。没有了肉体距离的时候，道德距离也就没有了。

杨：怎么扯到地铁上去了？

戴：不知道。哦，说回国工作呢。钱还没有赚到，身体已经垮掉。

杨：你当时有就业焦虑症吗？

戴：也有吧，说没有是假的。

杨：就是可能没有那些应届毕业生那么强烈。

戴：“海龟”没有应届的概念，所以很多“海龟”回国都先要晃荡一两年。开始找不到感觉。

杨： 那国外不也是这样子么？国外那些办公室啊，企业啊……

戴： 规则相对比较透明。

杨： 哦，那倒是。

戴： 辞职后也有很多人说我傻了。不过我自己很满意后来读博士的人生选择。

杨： 然后就是读博士？

戴： 没，之前还办过一个公司。

杨： 那这个你可以讲一讲。

戴： 我和亲戚朋友合伙办过一个碳交易公司，做跨国业务。当时挺时髦的。

杨： 我很感兴趣为什么你会投资这个项目？

戴：《京都议定书》把国家分为了有减排任务的一类国家和没有减排任务的发展中国家。像中国这样的发展中国家，发展替代性清洁能源的过程中产生的虚拟金融指标 CER 可以拿到国际交易所进行交易，资金来去很大。碳交易的魅力在于，它不仅关涉全球变暖的环境议题，也同时涉及国际政治。后来的哥本哈根会议沸沸扬扬却没有结论。但按照当时的形势判断，正如雅尔塔会议定下了二战后的世界格局，碳交易作为一种新金融其实是把世界格局重新洗牌，是确立新一轮的原始股分配。

做碳交易时，我密切跟进国际政治形势和各大金融机构的研究报告。我觉得非常重要，也想参与到这个进程中去。

杨：那这个和你在英国留学的经历有关系吗？我觉得这个生意做得很有国际视野。

戴：有关系。当然也与一些老师和校友的影响有关系。

杨：校友？牛津大学的校友吗？

戴：牛津、剑桥回国后算一家嘛。从事碳交易的人是一个非常少的族群，在中国，总共也才几百人。

杨：非常小，非常精英。

戴：基本都是一流名校毕业，高收入，圈子特别小。

杨：然后呢？

戴：开始很轻松地赚到一些钱，觉得用智力赚钱是一件很酷的事情。后来欧洲经济危机，加上《京都议定书》没有续签，整个碳交易市场几乎都消失了。

杨：然后从中学到什么？

戴：创业是一段无可替代的经历。像碳交易，来去资金量非常大，看着那么大的数字在email里穿梭来回，是很刺激的体验。人也要迅速地成长，要谈判，要赌市场，要管理员工。当然我做的这个行业可能跟国内绝大多数人的创业经历有区别。它是一个非常新兴的产业，全部是国际业务，规则清晰透明，透明到甚至做这桩生意时你跟买家都不需要见面，更不需要搞关系。我在很长一段时间内跟我的上线买家都只有email往来，所有的付款啊、合同啊都进行得非常顺利。

杨：这很有意思。

戴：在国内业主这边，我们是给他们创造利润的，又有一定程度的稀缺性，于是更不需要太多关系。基本上站着就把合同签了。这个生意做得比较有尊严。

杨：要做有尊严的生意是很难的。

戴：很难。最大的问题在性别上。在中国，如果你有一根女权主义的神经，你会发现浑身都不适应。存在着性别歧视，还有年龄歧视。你会发现你一个小姑娘出去谈事情，人家是不相信的。

杨：这是中国特有吗？这个我不了解。但是确实，年轻、资历或者说其他的会让你有很多限制。

戴：还有女性。

杨：对，女性。那没办法。那你后来有没有想过，这种很强烈的性别上的问题，可不可以用什么方式去改变它？

戴：你看我们现在文学里的女性主义比较有代表性的人物或者说事件，大多在1993年至1994年间。那其实是有国家意识的推动的。因为国家1995年要承办世界妇女大会，中国政府希望表现出与世界接轨。那期间就出了很多这方面的书，但那之后女权主义声音迅速地没落。

杨：也是，近十年这个退步得很厉害。

戴：关键是丑陋化。偶尔有女权主义者弄出一些事件性来，往往会招来嘲讽。有一些女权主义者确实做得不雅。但即便是这样我也还是为他们鼓掌的，起码他们有自觉的女性意识。

杨：有时候一想到女权就会想到李银河、同性恋啊之类的。

戴：李银河还是不错的。

杨：这其实也算是一代人的困境。那你有没有从这里面产生一种代际啊、自我认同啊，或者是排斥感呢？或者说你作为一个接受过女权主义教育、牛津大学这种精英教育的人，有没有一种超越自己的更大的情怀？

戴：我对于中国女性状况一直非常关注，并且希望有所作为。

杨：那你特别关心哪一个女性阶层？

戴：每个阶层我都挺关心的。以前说女性获得经济独立就获得了女性权利，没那么简单，各阶层的女性有各自的困境。

杨：我们有时候会集中地关注，比如有些国家一直在关心女工，但是没有想到女教授也有她的问题，女博士也有她的问题。对了，你为什么当时要读博士呢？

戴：读博士纯粹是出于对文学的热爱，读了后发现加入了一个弱势群体（笑）。

杨：哦，就是说你还是有理想的，这个其实很不容易。但我个人感觉，像理想主义、浪漫主义这些看起来很过时的东西，在一部分女性身上好像保留得更多一点，你觉得呢？

戴：似乎是这样的。

杨：是不是因为男人可能必须要更多地与世俗发生关系，而女人可以稍微远一点？

戴：开玩笑说，未来的世界是女人思考，男人干活。现在中国社会对于成功的理解特别单一，男人首先要获得经济，然后才可能获得其他的资源，也是很惨的。女权主义从来不是女人一起反对男人的战争，而是男人和女人共同面临的问题。

杨：但是这会产生一个问题，就是男性会越来越粗糙，在他的审美上，女性则会越来越精致。就是如果照这样发展，女性负责思考，男性负责挣钱的话，那阴盛阳衰了。

戴：就是佛经里面讲的阴阳失调的末法时代。

杨：那么你觉得这是你对这个世界的基本认知啦？认为这是末法时代。

戴：嗯，我认为是末法时代。

杨：什么意思？解释一下。

戴：世界已经到达一个混乱的节点了，未来的文明呼唤灵性的觉醒。

杨：那你觉得个人在这样一个时代应该怎样去安排自己的

生活，或者是与这个世界互动？

戴：这是一个很深刻的问题，涉及人与世界的关系。佛活在每一具肉体上，现在的人苦痛太深了。

杨：所以这就谈到你的宗教了，你有没有信仰？

戴：我信佛不信教，信道不信教，信基督不信教。

杨：那你这是三教都信啊。

戴：宗教中的智慧跟物理数学的巅峰是触碰在一起的。比如量子力学的很多观点都跟佛经相吻合的。哈佛大学的布朗维斯做了很多物理与宗教互证的工作。希格斯玻色子的发现更加证明宇宙是完美而有序的存在。我还是特别向往那种上古整全的人性。在末法时代，存在是鸡零狗碎的。木心谈文学时，有一段意思是说现在没有大师了，大师的灵魂零零碎碎地活在了许多小师们的身上。末法时代呼唤新的人性、灵性。

杨：所以这就回到了宗教上。这让我想起了韦伯。他不是有两篇很有名的文章吗？一篇叫《以学术为志业》，一篇叫《以政治为志业》。大概于19世纪20年代，他在后者中说，你们中间的一部分人，就讲那些学生嘛，很有可能卷入一种神秘的宗教主义，或者是赶时髦，或者是被迫。但是他说这一部分人是不能够以政治为己任的。他说一个以政治为己任的人，恰恰是意识到了这个世界的丑陋、恐怖，并且跟这种丑陋和恐怖纠缠在一起的人，跟它互动和搏斗。

戴：我很同情。

杨：但是你这个我觉得是一个个人式的……

戴：我有一个很大的心愿，就是希望灵性修行能够传承普度。

杨：就是灵性是大家都来参与的？类似于启蒙？

戴：不能说启蒙，很多前辈大师都已经做过这样的事情了。我是希望在实践层面做点事情。

杨：你这个观念很典型，你身边这种人多吗？

戴：很多啊。

杨：就是想通过理性的东西来解脱。

戴：你会发现对信仰感兴趣的人越来越多了，可是超越了求财许愿的、真正有理论修养的、有修行的人却非常少。

杨：对。

戴：章太炎先生说："佛教的理论，使上智人不能不信，佛教的戒律，使下愚不能不信，通彻上下，这是最可贵的。"我觉得可以在灵性的开发上多做一些事情。我们家算是有这方面的一些家学吧。现在太多的人年纪轻轻就一身老人病，这跟末法时代是相关的。

杨：好，那最后一个问题啊，你将来大概会从事什么样的职业？或者你最理想的职业是什么？

戴：大部分时间还是想要从事写作和研究，但这只是一个方面。另一件我想做的事情是气功以及传统道家养生智慧的传承推广。

杨：这个也算是社会参与。

戴：这是很隆重的社会参与。

杨：很隆重的，好，你这个说得好，这是一种非常隆重的社会参与。那除了这个你觉得还有其他社会参与的方式你比较接受吗？

戴：还是很关注中国女性意识的觉醒。我一定永远是为女权主义摇旗呐喊的。

杨：其实你在我们这一代人里面算不上是一个虚无主义者，你有很强烈的社会参与感。这个很重要。

戴：虽然是以虚无为底色的，但是在虚里面生出了实吧。

杨：哦，这个非常重要，就是你首先还是有一个虚无主义的。

戴：虚无主义是底色吧，但是虚里面要生出最实的东西。

杨：谁说的我忘了，就是要用出世的心，做入世的事。

戴：对。我经常想到沈福宗的故事。四百年前，牛津大学柏德林图书馆收到了第一份来自中国的手稿，1604年的英国还没有人认识中文。直到又过了八九十年，一个名叫沈福宗的年轻人游历欧洲，才为他们翻译出来。那时候的牛津怎么也想不到，这份手稿日后会变成欧洲研究东方学重要的文献。我们不知道自己此刻的忙碌是何等徒劳，抑或在未来发挥何等蹊跷的作用。但至少，文字书写帮助自己从日常生活中撤出来，寻求一点快乐之上的意义。

杨：这个很好，其实还很积极。就是虚无主义并没有导致逃避，而是由虚无而导致一个介入，这是另外一种辩证的关系。就是虚无并不必然等于逃避，虚无它可以生出力量。

●● 杨庆祥 篇

杨庆祥

1980年生。文学博士，诗人、批评家。“新伤痕文学”和“新伤痕诗歌”的提出者。1998年出版第一部个人诗集。2015年出版思想随笔《80后，怎么办？》引发舆论热议。同年参加诗刊社第31届“青春诗会”。2016年出版十年诗歌选《我选择哭泣和爱你》。曾获首届“人民文学诗歌奖·年度新锐奖”、第3届“十月散文双年奖·青年作家奖”、第4届“冯牧文学奖”等。

一代人

大地的暗色苔藓在祖国的皮肤上成群绽放

同时代的人们又在酒精的鼓励下咒骂不存在的父亲

我在他们中沉默如阴影

然而，父亲已经死了，母亲正在死去，

我也将紧随其后。尸体在冰凉的晚风中挂在枝头

燃烧红色的灯笼。

我睡过的土地，我游过的湖泊，我不能触摸的无形的爱人图谱。

是什么样的悲伤吹动遥远的旗?

是什么样的旗卷走了什么样的风?

盲目的祖国龙为我点亮灯它意欲在祖先的悲风中

痛哭一场

而我们，我们呀——

失去了眼睛的时刻就是失去了敌人和爱人的时刻啊

2017年的第一首或十六岁

这寂然的，欢喜

筝弦流水的余波

齿颊留香是远山的回音

你听……

仿佛我们十六岁

白衬衫的污渍是唇彩的倒影

递来的雨伞撑满下课的钟声

你听……

我说妈妈

有一个人的怀抱比你更暖

她的嘴唇有奇异果树

她住在马卡龙的家里

你听……你听啊——

自行车的铃铛正斜滚过青青小径

她的海军蓝

她把发梢咬在嘴里跳芭蕾舞

我们跳，我们听

仿佛是我们的十六岁

筝弦流水的余波

她轻轻地，勾住我的一根手指

请把我藏于甜芒之心

你把我藏起来。
藏进芒果的甜。一丝羞涩，
眼神镶了慕斯的边。

这些事不可回避：
在人世求生，在尘世求福，
在前世今生求爱。

而我只愿意：
用手求取手。用唇求取唇。
我只愿意用心求取一滴蜜。

我自知一切所求皆空，
但我沉醉。
因为万物都忠于自己的灵魂。

我求你把我藏起来，

在甜芒之心。

咬一口。很疼。

我本来以为这就是我的一生

我曾经踩过雨后的土地
以及土地上的脚印

双生贝躺在细沙里
浪花将它亲吻

我本来准备在上面盖一座房子
隔窗就能听到四季的风

在夜里读读远方的书
又有对岸的钟声把我叫醒

我哭过又擦干泪水
我爱过，在湖水的波心

我本来准备在月光下给你写一封长信

把心思，藏进傍晚的万物黄昏

我本来准备生儿育女，在树下讲故事
生前伺候稻田，死后湖山青青

我本来准备如此，本来以为
——这就是我的一生

清平调2017

伟大的美人，你好
春风已过，梦中的芍药是你的愁容
请移步向前，看五色的风马、荔枝和耳坠
星海的珍珠闪烁。你双目已盲。

春风无限而你不能看见
你触及的雕栏、石拱桥和飞檐恍惚
你嗅到的荷花在纸上，没有泥土的
国度是空虚的……

盲目者并非你一个。露华已浓。石头的心脏
依然是石头。蔷薇或许可以变身玫瑰。
一瓶洗发水的甜，请为你施洗。请用露华之浓代替
泪水之殇。

瑶台飞逝。有一个随手点赞的笑脸隐匿，

你是否果然如象征的开心？如果一切都预先注定——

胜利者必失败，上升者必下沉

深情者只能独自面壁……

那我究竟应该去哪里寻你，

云雨上，衣裳里，美玉之心？

给母亲的一封信

我一直想隐瞒，她读的书不多
中年以后，几乎不修饰自己
她也几乎不爱我和弟弟
她只爱父亲，经常大吵一架
然后又在黄昏一块散步

她说话声音越来越大。做菜放了
太多的盐。有时候会掉进一根头发，
花白的。我把它偷偷挑走
抬头笑着说：妈妈

我都这么大了其实我没有给她写过信
电话也很少
我们对彼此都没有要求

她从来不提自己年轻时的美貌

好像那是一件穿破了的衣裳

不过偶尔

她会要求我给她买一件漂亮的外套

她觉得会有很多人爱她的儿子

所以一直很放心

虽然事实并非如此，我还是会

笑着说：嗯，妈妈

有时候是在梦中

有时候

是在我恋人的耳旁

还是给她发条晚安的微信吧

他开始小声抽泣，就像花朵绽开蓓蕾

黑色的外套在沙发上

兜满了冬天的风

口香糖吐进垃圾桶，半瓶香水倒进洗漱池

他不再需要伪装。

一个年近四十的男人，就让衣服领子

破旧一点吧

他的哭声近乎呜咽。邻居大概不会听到。

他在一瞬间惊觉有人敲门，又明白其实只是

多余的风。

多年的洁净让他痛恨自己，甚至哭泣

都做不到鲁莽和冲动。

那一吻也许是错了，虽然想起来还有点甜。

旧钥匙在手里，锁眼已经尘封。
这奇怪的配对原则，让爱的正义充满困惑。

山楂片。巴旦木。牛油果。西班牙火腿和
醪糟汤圆。鸡蛋剩下两个。他走进厨房，
抚摸每一件食物像抚摸灵魂。

如果不吃会腐烂。如果不爱呢？会坍塌如
一条破旧的抹布，一团揉碎的纸巾，一只沾满
菌斑的袜子吗？

他想起也许所有的男人都这样哭过。然后
颓然睡去。他决定向普通人学习，擦干泪水就
大睡一场。不过，还是先给她发条晚安的微信吧

在这样的时代我早已疲倦

我突然在鲤鱼的岭脊看见了时间的鬼脸。
一枚鲜橙溃败。石榴酒洒满歧途。

不能贮藏的是容颜。你手指向冰。
向光的阴影画眉。流过我们掌心的汗波
证明年华的热度正在渐渐消退。

在这样的时代我早已疲倦。
我不比别人更容易流泪。当麦芒和心尖相遇
爱与美因凋谢而恐怖。

一阵突然袭来的痛。想要捕捉却又消失
在光的风棱——请给我手
亲爱的，请给我手和唇
——我现在依靠这些而重生。

一些花朵的碎片无助地挂在枝头

一些花朵的碎片无助地挂在枝头
一些花朵现在飞向春天像旅人望见了孤帆

看见了花朵的春天是否就不会那么沉默
看见了大海的旅程是否就不会那么孤单

我看见一对恋人在树下窃窃私语，然后亲吻，
然后挥手告别，他们约定了再见的时间，是否
青春就会一尘不染

我看见我的衬衫沾满灰尘，两鬓的头发因宿醉而
苍茫，我将双手投向空阔，听到的回声不过是
飞鸟各投林，是否？

恩情转瞬即逝……

我已经不能享受这孤独的春夜了吗

我已经不能享受这孤独的春夜了吗?
晚花开在枝头，不，那也是菩萨的手掌
她现在用这手掌翻出一树新绿了

为什么不能跟随她的盛开驶入暗河?
忘记尘世的年纪。不过是活得忧伤。
以前说过的话，像花朵溺于忘川

我被这沸腾的欲望折磨良久。
不能再立誓、发愿、回梦了吗?
不能再在这苦心里长出崭新的莲子了吗?

哪有什么不朽啊——

如果不能在她的掌心立佛
也不能，像猫一样偎在她的膝头
看孤独的春夜渐渐被菩萨收走

在岘港看见一群人面对大海喝酒

一群人面对大海喝酒
喝金椰子，喝一颗星
以中年人居多
其中一个欧洲男子，有一圈漂亮的
络腮胡，面容忧郁若有所思
但眼神从没放过任何一个美女
无非是想勾搭一个姑娘一起看海聊人生

但哪有那么多人生可以闲聊
比如面前的海，从来就不觉得失意
也想不起要找一个伴侣过中产阶级的
所谓家庭生活

他把全部时间都用来吞吐江湖了

他一言不发我们也知道

走过的路太远见过的垃圾太多

被风暴刮过被巨鲸咬过

人来人往想起来也不过像飞鸟

衔走了一滴水

夏天来了，你要抱一抱我

夏天来了，你要抱一抱我

我兜里的硬币，正好够买一大杯啤酒

我们可以一起喝酒，醉了就躺在地上

有很多东西可以享受

天空，虽然没有星星

天桥，虽然贴满了小广告

汽车的尾灯，不收费的晃来晃去的

男人和女人

很久以前这里有一个小提琴手

面带菜色神情落寞，他在夜晚反复拉一首梁祝

我一直想问，谁辜负了谁?

如今我人到中年，坐在地上喝酒

用艾草洗头发，唱歌，抱一抱

所有不要钱的东西
抱一抱夏天、空气、水中的鱼
天上的鸟、消失的小提琴手

如果还有多余的硬币，就去买一盒避孕套
超薄的，放在包里，即使永远都用不着

一边唱一边将未来埋葬

请允许我随意躺下吧
热风凛冽，四时俱净
妈妈呀，这石头一样的人世时光

我一个人在北京城生活
早上不吃早餐，中午吃了一碗半熟的米饭
上课累了，我随意躺下
学生们正在朗诵祖国的篇章

他们来自不同的国家：哈萨克斯坦、亚美尼亚
韩国和日本，有一位捷克姑娘，穿着越南的衣裳
——我让他们唱自己的国歌
他们唱，他们唱……

我不想好好吃饭，也不想好好睡觉
妈妈呀，我想棉花好好开放

青草好好成长。如今的岁月更是艰难

妈妈呀，如今的岁月真是艰难

我让学生们选择未来

他们最后选择一边唱

一边将未来轻轻埋葬

思无邪

很多人饱

我用饿爱你

很多人瘦

我用胖爱你

很多人沉睡

我用失眠爱你

很多人笑

我用忧愁爱你

你有一张多么好看的脸

我用一张不好看的脸爱你

很多人成功了

我用失败爱你

夜晚的榴莲清晨的芒果耳旁的清风
枝头的春花秋月碎碎念念

我因为爱你而太过失败我用所有事物的反面
求证我爱的深寒孤绝亲爱的晚上一起吃点好吃的吧

青岛截句五首

1

我在落日的余晖里看到海伦的美了

三人行必有一人是多余

海水是多余

我爱你也是多余

2

在一个城堡里我遇见了我的前身

不是德国人，也不是中国人

是四海为家的爱人

3

想你的时候我就来到海边

我的悲哀如海水般蔚蓝

我无法爱你的悲哀

像蔚蓝的海水一样蔚蓝

4

无数的风吹来无数的世纪

无数的世纪覆盖了你的脸

请允许我用海水将你轻轻洗净

请允许我轻声赞叹：多么老，多么美

5

我在啤酒的泡沫里看见你

我在月季的荆棘里抚摸你

我在长生的蛤蜊里亲吻你

亲爱的，我在青岛，我想你

敦煌截句六首

1

请把我埋在黄土里

和众人相会

请把我身体里全部的水

留给楼兰的少女

2

在大戈壁的烈日下

你可以拾到一块黑曜石

那里面隐约的纹路

是很多条河流爱过你

3

有缘人在石壁上凿佛

有情人在石壁上凿自己

黄沙掩埋了有缘人

黄沙也掩埋了有情人

4

黄沙的心就是佛的心啊

爱你恨你

一粒一粒

5

大西北，我会在夜深时梦你

胡杨、红柳和活命的骆驼草

还有一望无边的黑戈壁

那是大自然无情地完成它自己

6

烽火中的楼阁璀璨

将军宿醉了

蒙面女子反弹琵琶宽衣解带

菩萨菩萨，一起醉生梦死吧

拉斯维加斯一夜

那些被丢弃的。骰子。

在骆驼刺尖跳舞。

夜色如水，1号公路通向遥远星球

我们是暂居。

但还是看到了故乡的原貌

炎热熟悉如羚羊的臀部。

没有人开口说话。我们沉默是

因为主在下一盘大棋。

缓缓上升了：奴隶、国王

和无名的游戏

与此相反的不是下降，是展开

是片段

沙漠圆而多籽

不可知的手枪赦免罪行

男人和女人们欢饮达旦

主啊，多么伟大的真理

多么荒芜……

九月的第一首情诗

我在词的缝隙中找你
水仙的平面镜空空，流过
光的蜜蕊

几乎忘记了有一个人类
我在你背后插树成荫，谁的秘密就是
相恋。几乎没有包裹火的纸

而翻滚的不是铁锅里的海
楼台的风暴旋转了后悔
我找到你也不懂鲸鱼的眼泪

请把夜光之杯盛于美酒吧
少女的酥胸是遥远之日的约定
我们还在死

我们还在死里有一个再生——

我现在是落叶和风

我受过罪了
现在要变成落叶和风

林中的小兽爱我
天光微亮，山鸟歌唱
露珠璀璨如谜

我和众人握手
我爱他们
美或者不美

如果没有人
我就左手握右手
我就爱菩萨爱自己

我受过罪了
我现在是落叶和风

一株从梦中递来的罂粟花

一株从梦中递来的罂粟花

菱镜中的素手如盐

坚果之核已碎

——这些聚散的多边形碎片

你在黄昏将拥有一块

在凌晨会融化

你在前生曾拥有一块

如今只能无望地怀念

这些空。流水。罂粟之风。

从梦中递来的梦

心中之心

于是哭起来

于是很多人哭起来
很多人很多人
很多人哭我们的爱
很多人不知道为什么要爱

有泪的人真美啊
我有时真想大哭一场
然后心如磐石

把眼泪给了该给的人
就可以死了

看见一棵树很后悔

看见一棵树很后悔
看见一池水也很后悔
当初为什么没有长成
一棵树或一池水呀?

为什么长成了一个人
既不能风餐露宿
又不能被飞鸟带走
还要不停地大声说话
向世界证明自己的生存

其实树木听不见
池水听不见
山河大地更听不见

长成一个人真是件无趣的事啊

世纪之爱

我知道大多数人已经疲惫
但钟声依然长鸣
当我侧耳倾听这尘世回音
天空中飞过一只鸟的阴影

不能说失败了
也不能以群众的名义庆祝成功
好像只能停留在此地
看看云，听听风

春夜独饮不醉

有多久未听见
甜言蜜语了
有多久未同饮一杯酒

不同饮一江水也很久很久了

青山隔得远
清风隔得更远

有多久未用一个平底锅
煎一只同心的蛋
有多久忘记了甜
就是被秘密咬了一口

明月离得远
明天更在明月外

祖国的山水你还记得多少啊

我脸上的山水你还记得多少

当我一口饮下萧条的春夜

有多少人独自走过多少花独自开放

我在所有事情中都找不到存在感

第一件事不是吃早餐，而是吻你
食物没有灵魂，你的嘴唇甘美

第二件事不是阅读，还是吻你
文字徒有外形，你的舌头芳香

第三件事不是午眠
第四件事不是散步
也不是工作
也不是在五点钟见友人

最后的事甚至不是晚祷
（菩萨已经厌弃我了吗？）
不是死亡，是好好活着
好好活着好好爱你

我在所有事情中都找不到存在感

除了吻你

我在所有事情中都找不到不朽

除了相爱

除了在泪眼朦胧的微风中我们相互覆盖

好些时间在荒原里

好些时间在荒原里

好些籽在木瓜心里

你的爱不是我的爱

你在河边钓去年的鱼

好些时间在马桶里

好些水在芳躯里

我这么说你也许不愿意

好些水其实在马桶里

你的爱依然不是我的爱

我们在河边钓修正主义的鱼

以信仰和妻子的名义

以刚出生的女儿的名义

我们砌一座木瓜城堡

里面安排住一些另外的人

我用左脚读经

我用左脚读经

菩萨不理我

我用右脚读经

菩萨笑嘻嘻

咦，左脚与右脚有区别心?

菩萨说

左与右，是与非

是是是

非非非

菩萨说

这就是人间道啊

贝壳

有谁在海边曾寻找一枚贝壳
不说话的贝壳
任海水清洗的贝壳

在水与水环抱中的
不伤心的贝壳。被多少人
拾起又丢弃的贝壳

贝壳是海的心啊
又坚固又易碎的心
贮满了风和水的心
仿佛尘世中的一切
都在这沉默又沉默的心中

拾到一枚贝壳会让人哭
在它人脸一样的卑微中

所有伟大的神迹

都失败了

趁这个世界还没有彻底变形

鸟儿唤醒清晨的雾霾

它不是故乡的那一只

送奶工蹑手蹑脚打开奶箱

那声音真像母亲

很多年前

她也是这样唤醒冬天和好梦

那是真正的好梦呵

我们呵着手看人生如壮丽的日出

那时候清晨凛冽如少年

鸟儿的翅膀像情人的胸部

那时候我认识所有的人

活着的和死去的

他们运来新鲜的空气和牛奶

并叮嘱我

尽情地喝吧

趁时间还没来得及衰老

趁土地还在我们手中

趁这个世界还没有彻底变形

雨雪天登黄鹤楼

来迟了。江水浑浊，鲈鱼腮里塞满
工业废料。江心洲浓烟滚滚，
当渔夫用起煤炭和石油，芳草，
她哭也哭不出声。

谁见过鹤的眼泪？谁在青草的芳香里
和一只鹤恋爱过？

太迟了。一只单色系的鹤曾在江边闲步，
抖羽毛，眼波流转，在江水和月色中
沐浴。

它是道野味？却在我们的味觉之外。
它亦可能是具标本，在 CBD 中心
展翅欲飞。

罢。罢。生与死都是人类的设定。飞与不飞

都抵不过冰冷的铁流。

雨雪天登黄鹤楼。请问，那与鹤相爱的

少年去了哪里?

四月，早安

如果可以抵御水管的爆裂
在根部将大地的渗水堵上

如果可以遭遇一个情人的呓语
在她的瞳孔里读到孤独的情欲

把狗的嘴缝上
把蜜蜂的翅膀绑成了风筝

如果悬铃木真正倒悬在你的窗前
一串伟大的名字也不能阻挡
——我的痛——

好像失去一切了
事实也是如此

如果命运禁止我们去爱

我们还活着是为了什么?

在昆明我能做什么

在昆明我能做什么
喝酒，数天上的云
喂一粒咖啡给窗台上的猫

我什么都不能做我在昆明
北京很远了
滇池也很远
好像能嗅到水的心事了
可惜我只是一个孤魂

我决定什么都不做
在昆明什么都不做
在北京也什么都不做
很多人的时候什么都不做
一个人的时候也什么都不做

我什么都不做了

这世界会放过我吗?

我走进人间的烟火

搅动牛奶的勺子能让我快乐
邻人厨房的切菜声能让我快乐
送快递的小伙子
他低头看单的神情让我快乐

早起的雪花下午的约会
电梯里依次闪起的数字
能让我快乐

鲁米的诗和少于一百的财富
还有大把的时间和大群
陌生的朋友

我将自己放弃
我撑开一把好看的伞
我走进人间的烟火快乐

活着的人打着伞走过漫长的冬季

清晨的牛奶是热的

苹果在温水中舞蹈

河流因为手指的牵引

在天空划下一道痕

晚秋过去了

过去了羽毛、枫叶和星宿

在一棵银杏树下

埋葬着去年的雪花

那些死亡的人再也喝不到清晨的牛奶了

那些活着的人打着伞走过漫长的寒冬

我现在准备失眠

我现在打开门

为了让外面的风吹得更远

我现在熄灭灯

为了让里面的夜走得更近

摘星的少年戴上手套

因为星辰的光芒正在渐渐冰冻

人间的酸奶快要过期了

我决定登下天梯

找一个酩酊大醉的时刻

想想从前的甜

我现在准备失眠

为了在下一个世纪睡得更安稳

孤独图书馆

谁在地球的掩体中

检索神的姓名

谁以海水为天梯

借给神一本书

大风还是纪元前的

秋天已经换了秋裤

谁在代替神写一首诗

谁来阅读

谁在无边的幻灭中

爱上了众生

我所能寄望的

我数过无数的星星
如今它们都躲起来了

夜路也走过
晚照中的灯火闪烁

我偶尔休息
偶尔哭

每一次意外的相逢
比风暴更激动

在失眠中我看到了幻景
又把倦怠融化了可能

我所能消耗的

不过是菩萨的好怜悯

我所能寄望的

不过是君心似我心

间歇性人类厌倦症

我对一片落叶的理解并不比一阵风更多
我对一阵风的理解并不比一个秋天更多

白发和白霜一起降落了
我对万古愁的理解并不比我的先人们更多

多年的老友捎来山核桃，说可以明目补脑
我对山核桃的理解并不比我们的友谊更多

我对陌生的理解不止来自邻居
也来自我年少的心愿渐渐模糊

我对距离的理解并不比一台手机更多
我们面对面，一口一口咬苹果

我突然厌倦人类了
虽然我并不比人类理解得更多

我珍爱三种人

我珍爱三种人：

吻我的、陪我哭的、给我买马卡龙的

我厌弃三种人：

撒谎且不脸红的、假笑的、和所有人打成一片的

不变的信仰

嗯，记得吃饭前洗洗手
这样就可以边吃边啃手指了
小便前当然最好也洗洗
这样就不会过早患上前列腺炎
很多次在厕所遇到尿不出来的家伙
他们说着无比正确动听的话
然后，尿不出一滴纯净的尿
真该死啊

我记得了
要穿厚大衣出门，要用科颜氏润唇膏
要用春雨面膜和兰蔻小眼霜
要随时捂起耳朵，随时给你写信
说我们才懂的话
这个冬天尤其需要补水，因为水没有
什么敏感性

每隔几年我就更加确认

信仰其实只有一条：

活的时候要美啊

死的时候要更美

世界等于零

对微微颤抖的尘埃说：我来过
对尘埃上颤抖的光影说：我来过
对光影里那稀薄得看不见的气息说：我来过

每一件衣服都穿过你，来自中原的女郎
你坐在门外等一个黑色的梦把你做完
你手握石榴提醒我戴假发的人来自故乡

与此同时

对比深井还深的眼睛说：我走了
对眼睛里比细雪还细的寒冷说：我走了
对比寒冷的晶体更多一分的冰凌说：我走了

每一句话说出你，舌头卷起告别的秘密
你采一朵星辰的小花插在过去的门前

愿我们墓葬之日犹如新生

我来过又走了

世界等于零。

我回家的时候你不在

我开会回来。

你不在。

我睡了一会。

你的猫躺在我脚边。

它跟我还不太熟。

我喂了它一块鸡肉。

它是一只不吃鱼的猫。

然后我又要开会去了。

红酒放在桌上。

等你回来打开。

它想你。

它愿意被你饮尽。

我也是。

我忙完就回来。

你也尽快。

北京的秋天就要过去了。

他在北京的清晨独自醒来

他在北京的清晨独自醒来
他想多睡一会。将一个三十年前的
旧梦做完。

梦的内容是有一天他在北京
独自醒来，他热好了两杯牛奶。
那个清晨只有他一个人。

繁华的北京只有他一个人
北京在那个清晨奇怪地停止了
运行。他嚎啕大哭。

他提醒自己那只是一个梦，北京
依然是伟大的都城。他再一次在清晨醒来
再一次，热好两杯牛奶。

他喝完其中一杯，又将另一杯

递给自己。这个时候他突然哭起来

原来他一直都没有醒。

再一次

他恐惧极了

他甚至都不敢哭出声。

给一个没有名字的（雪）人

一转眼，大地的枯发就被蜜雪覆盖了
宝贝，你身下的雪橇散发橘色光芒
一个冷天在你的鼻息里，像马儿打着喷嚏
你把双手插在雪里如路灯把黑暗的一边照亮

星型蝴蝶在你的垂发上，请让我吻它
它是一枚坚硬的信符在你和雪之间
当一年一度的约会如一年一度的探监
我们在这雪花交织的白色丝网里，我们
饮一杯苦茶

没有什么比你更接近造物的秘密。红色便帽
跳跃着火，旗袍灌满了木材的芬芳，你用双腿
引导月色，长长的，冷冷的

然后你用雪组装世界，用尽一个人类的爱心：

眼睛和嘴唇，舌头和牙齿，把往事装入长袜

用你母亲的口红用火上身

再画一个圈。这就是我们的葬身之地。静静地，

用虚幻赔付了实在，滑行的距离总远不过时间。

静静地，你跃入，万物苏醒如初生。

少年Chey 的平常之旅

走过这个平川
就是湖泊，在湖泊的后面
是一片密林

密林里有很多树，高的和矮的
倒数第三排靠左的第一棵，是一株
北极松

请你在松树上摘下一枚果实。放在口袋里，
如果你的口袋已经磨烂，那就麻烦你一直
握在手里，不要担心出汗。

你可以在密林出口的草坪上稍微坐一会，
将鞋子里的土倒掉。你的眼睛要适应
过于强烈的阳光。

高铁在不远处，飞机也会掠过头顶。
请你像多年前一样，仅仅是眺望它们，
然后继续背道而行。

不用暗自悲伤，也无需兴高采烈。
这样安静地走路，看到黄昏还像传说中一样
坠入深沟。你还拉了它一把。

少年，你可以边走边梦。白菜和青豆各自芬芳，
短头发的女孩在道路的拐弯。她长裙子上
有母国的地图。

请把松果和汗水一起给她。你们笑得满地打滚。
又嚎啕大哭，为对方抹上五颜六色的泥土。
不要幻想她会成为你的情人。

你们没有义务彼此相爱。
她走得时快时慢，你走得时慢时快。
平川、深湖和高山。星辰、宿雨和飘风。

如果不喜欢永恒的主，那就和命运的妓女接吻吧
——杨庆祥、严彬对话录

这是一份文学访谈录，保留细节，甚至保留每一句话说出来的时间。

受访者是我的朋友，杨庆祥，我目前所认知的中国最好的青年文学批评家、诗人、年轻的大学副教授。访问者是我，基本上是一位诗人。他在北京教书，我在北京做编辑。这是我们的基本情况。

这不是一份“专业”的访谈录。

作为访问者，我几乎没有做任何引用，也没有专业术语。庆祥的对话是专业的，不论前一段较为轻松的，或后一段相对专业的，如水银泻地，不泛余波。

访谈之前我们已经讲好，将采用微信对话的方式，尽量是口语化的、轻松的、能够展示真实自我的。

我们谈了两次。第一次在2015年12月17日晚上九点半到次日凌晨十二点半，长达三个小时。第二次在今天，圣诞节的

上午，断断续续，谈了两个小时四十分钟。我们的访谈没有进入庆祥本人作品的细节，谈的是他自己，作为文学批评家、诗人和大学教师的杨庆祥，以及他的观念、精神世界。

我也有一些话，插科打诨的居多。和庆祥聊天是有压力的，因为他的气场强大，即便我们没有面对面坐着，我们隔着北京这座城市中复杂的细节，从呼家楼到海淀黄庄。他的语言、思想和他的经验一样充满魅力。如果问缘由，他会这样回答："我本不读经，奈何有慧根。"

他多才、多情，值得骄傲。他有傲气和傲骨。

我知道很多人喜欢他。

不独女人，我也喜欢啊！

严彬

2015年12月25日

第一次对话

时间：2015年12月17日至18日凌晨

21:38

严彬

你好，庆祥。我想这是我们第一次正正经经坐下来（虽然是在网上）聊天。你知道，我不擅说话，但我希望今天能聊得比较尽兴，开放一点，你的个人经验、你的思考，群体和时代的状况，包括文学，我们都可以聊聊，甚至你的喜乐悲伤等。作为同代人，你已经在文学创作、文学批评上有了相当的成绩，你对当下个体生活经验和思想也有深入的考察和研究。听我们共同的朋友彭敏说，你在很早的时候就对自我有了清晰的认识。是这样的吗？大约是什么时候？当时你是怎么想的？

21:42

杨庆祥

第一次接受微信采访聊天，很新鲜的感觉。希望聊得尽情尽兴。

21:45

杨庆祥

彭敏说我很早就有清晰的自我认识？我都忘记了。不过有一段时间我们经常在一起吹牛。基本上是我吹，他听。他是个很好的听众。我对自我的认识现在倒是越来越模糊了。不过我倒是从很小的时候就想做一个与众不同的人，彻底与众不同。但很明显，我没有做到这一点。

我特别喜欢尼采的一句话：我是一个如此与众不同的人，请千万不要将我和他人混为一谈。

21:50

严彬

为什么你会追求这种“与众不同”？当时你是如何理解“与众不同”的？和我们后来常说的“叛逆”是否相似？（我感觉应该不大一样）

21:57

杨庆祥

可能是天性中有太多不安分的东西吧。我对循规蹈矩有一种发自内心的恐惧和反感，甚至会为了反对而反对。我在整个高中阶段都是一个坏学生：逃课、斗殴、喝酒抽烟、离家出走等。因为我不想做一个好学生，好学生都是循规蹈矩的。

它不是简单的叛逆，而是内心激情的需要，是对这个世界冷漠法则的一种挑战，虽然这挑战必将失败。

高三的时候别人都在忙高考，你知道我在做什么吗？我和一个同学跑到合肥，为一个事件帮人上访。当时我还不懂"上访"这个词。我的一个高中同学来火车站送我，他事后给我写了一封长长的、情意绵绵的信，他说，杨庆祥，你身上流着吉卜赛人的血！我至今没弄明白这句话的含义，但印象深刻。

22:00

严彬

我听你零星讲过这段经历，很有意思，也出乎我的意料。如今你是一个文雅的人，你的专业不必说，你的谈吐甚至衣着等，都有你自己的讲究。我就和你很不一样，可以说是两个极端：大学以前我很听话，这种听话也许来源于我胆小柔弱的天性。我到如今都没有和人打过架。

杨庆祥

哈哈，这么说吧，有一次我参加了一场近二十人的斗殴，临出发前我还没忘记戴了条手链。结果一刀正好砍断了我的手链。这种讲究救了我的命。

严彬

看来你的讲究发蒙很早，也传奇！这很迷人，也许类似一种对自我的追求或保持，如今很多人遇事容易丧失原则，也许在你这里会比较难，那种临斗殴前还不忘带上手链的精神（贵气）。

22:08

严彬

尽管你用“天性”来界定你不安分的来源，但是我想，它和你的童年环境是否有关？我想请你谈谈你的早年经验，比如你记得的人和事。

杨庆祥

我童年几乎都是愉快的回忆。我生于一个大家族。我父亲有亲兄弟姐妹六人，堂兄弟姐妹估计有二三十人之多，抱歉我都记不全了。

我的知识启蒙主要是来自父亲，他是个高加林式的人物，才华横溢，读文学，热爱时尚。我从他的书柜里接触到《红楼梦》和普希金等。

我的生活启蒙则来自我的姑姑们。我小时候最高兴的时候就是下雨天，这样姑姑们都在家围着我转。我母亲几乎缺席，她一生的全部精力都在我父亲那里。

我最小的姑姑心灵手巧，她将我家的院子变成了一个花园，里面种满了各种花草：太阳花、栀子花、野菊花、芙蓉花、指甲花，还有一种神奇的“洗澡花”，大概傍晚的时候就会盛开，这个时候我就要乖乖地洗澡，因为姑姑们说这是花朵的要求。后来她远嫁他乡，花园很快就荒废了。当时我读初中，真切地感到了人生的悲哀和美丽事物的脆弱。

22:18

严彬

很温暖的童年时代。你是你那一代的长子？

杨庆祥

如果按照辈分，是长房长子。所以我父亲对我的教育实际上是比较严格的。

严彬

你的这一段回忆让我更加感到你是一个温润细腻的人。我旧小说读得不多，但我想，也许在茅盾小说里会找到你这种境况。鲁迅的小说里也有一点你的后时代的影子，少爷回乡，那还是很受敬重的。我是湖南浏阳乡下人，在我小时候，我们那里同样讲究辈分，比如我是家里的长子，邻居们都叫我“彬少爷”……这些记忆，在我们的儿女辈这里，几乎都没有了。

杨庆祥

哈哈，彬少爷！这个称呼好。传统的东西在我们安庆至少保持到了20世纪90年代，市场经济起来后才真正土崩瓦解。

严彬

对啊，我回到家，他们都还这样叫我。我从小没有小名，我父亲三兄弟，他是长子，我也是。介不介意我问得深入一点、细致一点？往前推一点，放到历史的维度讲一讲你的大家族，你的父辈、祖父辈，甚至拉远到清末民初。中国的乡绅社会根基深厚，你又是安徽安庆人，文脉兴旺。刚刚你说的，一个大家庭，下雨天姑姑们在家围着你转，让我想到了中国传统大家庭那种长幼有序、其乐融融的景象。这在如今是越来越稀见。

22:24

杨庆祥

这个就说远了。我爷爷小时候经常对我念叨些祖辈的谱系。但我父亲是个激进青年，每次鼓励我不听那些老八股。最有意思的是修族谱，我父亲是最激烈反对的一个，我一直很好奇他身上的“五四”精神是从哪里来的。

严彬

你父亲真像一个“五四”青年，有着不知从哪里来的对时尚的敏感、对旧制度的反叛。看来你身上还真有不少你父亲的性格和影响成分。

我觉得这很有意思，以前从没听你讲过，不知以后你还会在什么时候提起这些。这段经历是我们的传统经验。对这个我也很悲观，我的女儿没有方言，对出身和家族观念应该不会有什么印象。

这些处境，对你后来人格的形成和学术、生活上的追求，包括你对自己的认识、你的个性，都有什么影响？

不，不是处境，是经验，或是我们以前常听到的两个字——身世。如今不大讲这个了，旧的身世不讲了，但新的身世又来了，有些人的后代，因自己的身世而变得特殊。

今天早上，我和我女儿说，昨晚我做梦，梦见她了，我们一起爬树，爬到树梢，又看到一根新的树，极小的树干，很显然我们是爬不过去的，但又很难下去……我将这些讲给她听，她很开心。

22:36

杨庆祥

这个挺复杂的。到底对我有什么影响，我也说不清楚。或许现在还没到看清楚的时候。我现在几乎不回故乡，很奇怪，我经常梦到它：河流、草地、船。但我骄傲地否定了它，因为它不够现代。

如果不是和你聊天，我也很少提到这些经历。但我的诗歌应该和这些原始经验有关，那温柔的、抒情的东西。还有那种旧旧的沉溺。那是南方梅雨季节，我在那些带有古典性的女性气息中的沉溺。

严彬

对的，这些原始的东西，似乎不与你现在的生活和你主要从事的教学与学术生活有太多关系了，却可能构成了你的文学母体（或之一）。

杨庆祥

是啊。

严彬

事实上，就我来看，像你现在说的，我能感觉到，你过着一种现代的生活，包括你的批评体系也是先进的，但你一进入自己的文学世界，你又是极为柔美、古典的、南方的——涉及政治的除外。

杨庆祥

毕竟那是一个逝去的时代，它只有美学意义啦。

严彬

批评家和活人是应该向前看的。

经过漫长的校园生活，你留校成为大学教师，我也参加过你的小课堂。你在教学上是个很有魅力的人。那么你的老师呢，启蒙老师之类的？我们聊聊。

22:46

杨庆祥

哈哈，天性和自我是最好的启蒙老师，是这两者教会了我。

严彬

我能感受到你是一个天然才情很高、自我意识又很强的人。我想，必须二者兼备，才有可能塑造一个杰出的人。一个资质平平又自我的人，会很可悲。电视真人秀节目中也偶尔会有这样的人出现。

22:54

杨庆祥

你这是在夸我。如果每个人都有独立的意识和人格，这个世界也许就没这么有意思啦。人性太好了，从美学上讲未必是好事呢。

严彬

是啊。不足的才有机会生长，五花八门的世界才可爱啊——可如今的世界却是朝着齐整的、自动的、同一方向的路去发展的。自由不足时，自由的力量才是强大的，珍视我们这个复杂的世界吧。今天我参加一个诗歌评选会，提到当代人对旧体诗的认识，《诗刊》的商震先生说，如今的人恐怕只知道课本里提到的那几位诗人。这是一种现实的悲哀。你是老师，设身处地，如何看待现代教育经历对一个人的影响？

22:59

杨庆祥

教育是个大问题。真正的现代教育应该包括三个层面，一是学院内的知识教育；二是以社会舆论为媒介的社会教育；三是以心灵为对象的自我教育。这三者缺一不可。就我自己来说，我的自我教育最成功，社会教育次之，学院教育基本失败。

严彬

但你却处在了一个学院教育的体系里。你怎么办？

23:02

杨庆祥

所以我一直不是好学生啊。我是旷课和逃学的小能手。

严彬

哎呀，我的意思是，作为大学系统里的一名教师，你能做点什么呢，比如设立联合文学课堂？

杨庆祥

所以只能尽量打破固定的教学规则，创造更有参与感的教学形式。这也是我创办联合文学课堂的初衷。

现在我又在参与学校的一个本科生人才培养项目——明德人文计划。这个计划更注重社会教育和社会实践。

严彬

真的很好啊，本科教育是很关键的基础。

你很早就对生活在这个时代中的人有主动的认识和观察。通过你的作品《80后，怎么办?》，我知道你在近十年前就对20世纪80年代生人的生活状况做过大量调查。这个群体的状况，包括你我在内，我们的困境和个性，在你的书里，以及多次会议和媒体上，已经被大量谈到。你如何看待“失败者”这一角色和他们的处境与出路?

23:09

杨庆祥

失败者并非指具体的某个人或者某件事。我把它理解为一种结构性的产物。也就是说它是在某个特定的历史情势中的一种社会症候。正是因为如此，我们会发现，每个人都会觉得自己是失败者。这说明我们的结构出了问题，导致了自我认知的单一。

严彬

造成这种你所说的结构性问题的原因是什么？为什么我们如此敏感于失败，而不是诸如幸福、满足之类的东西。

23:16

杨庆祥

社会转型过于急促。精神还来不及适应这种快速转变，积压了太多的负面性情绪。这个问题几乎无解，唯一能做的就是耐心等待。等待历史完成它的逻辑。

严彬

也许这是通往新文明的必经之路吧，身处其中的人需要做出牺牲。伦敦和洛杉矶也是经历过极为严重的雾霾的。

杨庆祥

在这个意义上我认为人其实是没有什么主动性的。宏观来说，他必须接受历史逻辑；微观来说，他不得不服从命运。

23:20

严彬

耐心等待——恐怕大多数人不会接受也无法理解，服从命运也越来越难，人们已经不太相信命运，对历史的逻辑又看不大清。

杨庆祥

所以说，这聪明又愚蠢、可爱又可怜的人类啊！

23:25

严彬

是啊！

现在流行那句话，“梦想还是要有的，万一实现了呢”……我有时就想，这种看上去像梦想，实际大多是妄想的东西，为什么这样具有煽动性？我们为什么要提倡它，而不去更大限度地花心思认识自我，追寻属于自己的东西？人的痛苦和焦虑也总是来源于此啊。

23:29

杨庆祥

里尔克在《杜伊诺哀歌》里面已经指出了这一点，他说现代人的悲哀就在于总是想象不存在的事物，而忘了此时此刻。大部分人是不敢面对自我的。因为不敢面对，才大谈颠倒梦想。

23:34

严彬

北岛、李陀曾主编过《七十年代》，查建英曾做过《八十年代访谈录》，以年代划分群体，尽管也为不少人反对，然而，我们似乎不能否认环境、时代甚至个性，对个体的影响。相似的个体被社会和其他机构因需要而包装为群体，群体的惯性更大，它的特征也容易被放大。因此也就有了一种类似“群体性焦虑”的东西。事实上它存在吗？我不知道。

人如何才能变得更为独立一些，去面对和解决那些真实存在于自身的东西或问题？

23:38

杨庆祥

在一定的时段内，代际是有效的。当代之所以代际分明，更是因为社会发展和知识技术观念更新之快。如果在很多年后代际隐而不见了，那不是代际消失了，而是因为时间太长和人类遗忘的天性。

尼采说，独自静坐五小时，你就离神更近了一步。如果能够独自静坐五小时，即使不能离神更近一步，至少离自我更近了一步吧。

23:41

严彬

是啊，在如今五花八门的修心中，为什么人们不能简单一点，做一个哪怕五分钟的“静”呢?

如今大多数90后的父辈，他们在20世纪80年代赶上了一个“知识改变命运”“千军万马挤独木桥”考大学的时期，不管机会多小，毕竟又有了一条可以实现阶层流动的明路。但是如今，我们都看到，一来大学生的处境已经远远不如八九十年代，二则权贵子女的优越感与普通人之间的鸿沟越来越大。最近你的一个讲演中也提到——“个人奋斗失效了”。残酷但又似乎不得不去面对。怎么办?唯有认命，才能保有尊严吗?

这个话题好像越聊越悲哀，或陷入光有道路而走不通的虚空里啊。

23:47

杨庆祥

这个……确实如此。社会结构不发生根本的变动，个人的自救都是有限的。所以这里会遭遇我们时代的尴尬。

严彬

现在我们两个人在谈这个时代人的困境与出路，昨天我在社科院听十来位专家谈国家的出路，似乎都处在一种解决经验匮乏的境地。难!

23:51

杨庆祥

但正是这种难塑造了我们。

严彬

也有道理。

杨庆祥

艰难时世，玉汝于成。这一点上我比你辩证。

严彬

是啊。可我也有我的解决之道——一个人能对自己的境遇自圆其说，也就能走过去。

杨庆祥

我担心的是这一代人害怕这个难，恐惧这个难，最后回避了与历史对话的勇气。

23:54

严彬

能够直面历史的人，毕竟是少数中的少数，大多数人，包括我们这一代人，恐怕也只是成就了这样一个时代。

杨庆祥

每个时代大概都是这样。

23:57

严彬

人人都可能迎上去，绝大多数人却是在通往目标的桥上不断掉下去的那些。你的担心恐怕也是失效的。我总是在想，从自己能做的做起，我只有一个星期的计划，而不是一年。

0:01

杨庆祥

担心也只是我个人的担心。所以失效与否都没关系。实不相瞒，我是一个完全没有计划的人。所有被规划的人生，都是值得怀疑的。

0:07

严彬

嗯。你与一些不同特征的人进行过访谈，譬如普通打工者、成功成为小老板的打工者、海归，他们各有各的80后经验和处世之道。作为1980年生人，你又是如何理解和处理自己的焦虑和困境的？可以具体一点。

在和你聊天的时候，我也在看另外一些人生活，“人潮人海中，又看到你，一样迷人一样美丽……”快乐也是真实存在的，我们还在各种文学作品、音乐和美术作品中，去创造这种快乐。人们用夸张的表情去回应另一群人的苦闷。

杨庆祥

具体来说就是我会很努力去做每一件事，每一件当下的我眼前的事，但我几乎不考虑做这些事的后果。结果这个东西，就属于我说的颠倒梦想。抽象来说就是，我有一个哲学，这个哲学是死亡哲学，既然每个人都要死亡，那还有什么好焦虑的呢？死亡内在于我，它让我获得超越性。

严彬

一种让人羡慕的超然。

0:11

杨庆祥

所有的节日都是用一种夸张的热情去回应人生的苦闷和庸常。要么加入他们，要么沉默。我往往选择沉默地祝福人类。

严彬

真正的沉默和对死亡漫长的凝视都是很艰难的。当然你也提到过，不只是你，很多人都提到过，人们不是选择坚强，而是选择麻木，选择沉默，“沉默的大多数”。

我不知道你怎么看，我想如今这样子，也许我们也需要类似布考斯基式的态度，“我说过命运玩着不得分的游戏，有了鱼子酱谁还要鱼？哥特风格的胜利会来到……”——一百四十多年前的共产主义先驱不也这样梦想过吗？

0:17

杨庆祥

一些人在沉默中爆发，一些人在沉默中灭亡。这又何需答案？永恒之主在看着我们呢。如果不喜欢永恒的主，那就和命运的妓女接吻吧。

严彬

你这段话好似经文啊，哈哈！

0:20

杨庆祥

哈哈。我本不读经，奈何有慧根。

0:24

严彬

给你一万个赞!

你对“80后怎么办”提供了几点主张:重建历史维度、审美解放、社会实践——建设小的共同体。你的一次讲演的名字叫作“可以想象一个更好的世界吗”,你觉得这样的世界会到来吗?如果想象有效的话。

杨庆祥

我非常谨慎犹豫迟疑地回答你这个问题——根据经验,这个世界不会来到。但正是因为它不会来到,它才会一直内在于我们。这就是我的回答。布莱希特也曾经回答过这个问题。他回答如下:一个新世界,是的,但什么时候?

严彬

也许不能再强求更好的回答了。就是这样罢!

0:27

严彬

聊一个实际的小问题,也是你曾经提出的关于社会实践的主张——要反对一种浅薄的神秘主义。尤其是,当一个时代最精英的大脑都沉浸在一种复古主义和神秘主义的时候，这一个时代是一个堕落的时代。

杨庆祥

是的。我坚决反对这种复古主义和神秘主义。

严彬

就在昨天，清华一位女生从北京一个寺庙的“盲修”中坠亡，何尝不是这一种“堕落”的悲剧之一。

杨庆祥

具体的事情不好评述。但这个案例也许证明了我的担心，在自我和理性缺席的前提下，一切的复古主义和神秘修行都是耍流氓!

0:30

严彬

前一阵子，一位演艺界贤达的坐床仪式，也成为一时笑谈。为什么如今这种神秘主义有一种越来越盛行的趋势?

0:35

杨庆祥

这太复杂了。简单说吧，人的精神需要归属，而中国当下又没有真正有效的精神生活形式。但我想说的是，人民没有错，责任在于精神工作者，我们没有提供有效的产品和观念。

睡觉啦。回头再接着聊。

严彬

好，先折腾到这里。

杨庆祥

辛苦!

严彬

辛苦辛苦!

第二次对话

时间：2015年12月25日上午，圣诞

09:58

严彬

你在最近的一次关于80后的讲演中提到审美的解放，严厉批评了当下一种流行的心灵鸡汤这类平庸的小资产阶级审美。我们常常将“美”挂在嘴边，现在我想请你从最基本的问题谈起：什么是美？如何解释审美和美学？

10:07

杨庆祥

回答这个问题，可能需要两条线索。一条是日常的，一条是哲学的。日常的美，大概就是让人赏心悦目，使人身心愉悦的存在，譬如合适的比例、匀称的线条、和谐的搭配。它更诉诸感官性。哲学上的美，从柏拉图到康德，又经尼采到马克思，对美的定义各有不同，但有一个基本的向度，就是试图将美从感官性中升华，无论是天性、人性，高贵还是劳动，哲学要求我们从全部的人类历史来认知和理解美。简单说吧，符合人类总体利益的是真善美，不符合则是假恶丑。

10:10

严彬

哲学的美如何与日常形成关联？放在大众层面，很多人似乎只知人、物外在的美，对美的事物，见到，感受到，几乎到此为止。如何将审美与自己的内心建立联系，并体现在自己的言行上，甚至成为一个美的个体？

10:18

杨庆祥

这是哲学家的焦虑吧。有时候我也会陷入这种焦虑中，但更多时候，我觉得没有必要。康德曾经说，崇高是一种让人产生恐惧的美。你不能期待所有的心灵都能理解这种美。所以，大众有大众的美，小众有小众的美。美是一种认知，并无等级。我所反对的不是大众的美学，我反对的是大众美学绑架一切，结果美变成了一套空洞的修辞，而和我们的历史以及内心无关。因此，从任何一种有控制性的美学中解放出来，这是成为美的个体的前提。

10:32

严彬

狭义到对文学作品的阅读上，这恐怕也是一种审美行为。

就这种行为来看，你认为读者可以如何（从哪些方面）从阅读文学作品中获得美感，甚至让作品与自身发生某种精神上的关系？俗套一点说：当我们在阅读文学作品时我们在读什么？

10:41

杨庆祥

睿智的布鲁姆曾经写了一整本书来回答这个问题。为什么读？如何读？他的回答是，先找来莎士比亚，然后再让他来找你。真正的阅读都是极其私密的个人经验，我们甚至不能两次踏入同一条阅读的河流。在这个问题上我甚至比布鲁姆更极端，任何时候我们都在阅读自己。也就是说，有效的阅读是心灵的秘密亲吻，当然前提是，你必须选择那些伟大的原创的心灵。

10:47

严彬

作为一位优秀的青年批评家，你认为，做文学批评应该具备什么样的素养？文学批评家的基本价值是什么？与作品、作者、读者之间的关系又是什么？

10:56

杨庆祥

直觉、好口味、挑剔，这些都是文学批评所需要的，当然在最理想的状态，它还必须拥有更多的智力和知识。文学批评和所有知识一样，它是人类的一种智力生活。当然也只有在最理想的状态时，它构成了人类自我书写的一种形式。它自己就是作品，它召唤并生产着自己的作者和读者。

11:10

严彬

就你本人而言，你的文学批评，是否有一个基本的立场和尺度？你关心哪些层面的文学文本和问题？

11:16

杨庆祥

简单谈论立场和尺度是危险的事情，尤其在今天的语境中，立场不过是另一种假面。我热爱丰富性和复杂性，我选择那些能够加深和丰富人类生活的文本，我迷恋那些无法解决的但我们又必须面对的问题。

11:23

严彬

举举例子?

11:33

杨庆祥

这些例子只能在遥远的过去和遥远的未来寻找，过去的我们都知道，未来的都不知道。所以，想一想就好了。

严彬

每次在研讨会上见到你的发言，几乎都能让人惊叹（一次关于你自己的作品研讨的除外）。你怎么看待当下的文学批评界?青年批评家，尤其是你本人，在其中可以扮演什么角色?

11:39

杨庆祥

当下文学批评界生机勃勃，但即使如此，也逃脱不了过渡者和历史中间物的命运。这不是由我们决定的，而是当下中国的文化宿命。我自己，因为了然这种宿命，所以倒也无知者无畏。

11:49

严彬

如何看待文学作品的经典化？如今有种普遍的“知经典而不读经典，知经典而不读当代作品”的状况，对此你怎么看？

11:56

杨庆祥

经典化是一个复杂的历史过程。各种变量参与其中，最后生成的结果，未必就那么尽如人意。艾柯说过一句特别好玩的话，他说经典就是你不需要读的书，因为已经有无数人帮你读过了。所以，不要强求别人读书——无论是经典还是当代作品。人和书自然相遇就好了。再说，人类还有那么多好玩的事情等着去做呢：吃饭、睡觉、吹牛、喝酒、看美女，无所事事或者无恶不作……

12:25

严彬

你有严谨而出众的文学批评素养，作为一个批评家你是锋利的、理性的。与此同时，你又是一位诗人，读你的诗，和面对你的文学批评现场，感觉很不一样。你的诗情感饱满，有丰富的个人经验，也有对社会和国家层面的观察和叹息，它们与你的文学批评构成鲜明的两面对比。你如何看待自己的诗歌创作和诗人身份，以及它们与你的批评家身份之间的关系？你希望成为一位什么样的作家？

12:45

杨庆祥

我十三岁左右开始写诗，二十五岁左右开始写评论。再过十年二十年，我会写什么？我自己都不知道。因为心有所感才想写，因为美的天性和洁癖才想努力写好。虽然我一直没有我想象的那么美好，但我努力平衡自我和这个世界的关系。我希望成为这样一类作家：人们既因为爱与友谊去读我的书，也因为读了我的书而增加更多的爱与友谊。

严彬

最后一个问题：对本次访谈，你有什么感受？尤其觉得不满意或意犹未尽的，都可以表达一下。

12:48

杨庆祥

最后我想说的是，没有比这更自由放松的访谈了，我是在和另外一颗原创的心灵交流。谢谢严彬。

严彬

今天的时间比较紧，我插不上多少话，端端正正听你说。

谢谢庆祥兄。

●●● 严彬篇

严彬

1981年生于湖南浏阳，诗人，做过十年媒体主编。出版诗集《我不因拥有玫瑰而感到抱歉》《国王的湖》《献给好人的鸣奏曲》《大师的葬礼》，随笔集《宇宙公主打来电话》。参加诗刊社第32届“青春诗会”。任数年国家图书馆“文津图书奖”评委。

记忆俱乐部

——写给死去的弗吉尼亚·伍尔夫

*

前天清早，薄雾静静来到罗德麦尔
有人说，看见你穿着宽大的工装裤
慢慢走进欧塞河
口袋中灌满黑色石头
你将自己埋进浅水里
白头巾浮上水面，下午又被别人看见

……这属于你的——我的邻居
……普通的一天，晚春最后的寒冷

*

晚上你来到村中教堂的空地

人们点燃远处的火把，近处的灯
通知你的父亲和爱人，将你的孩子叫醒
——弗吉尼亚，年轻的情人也来了
他们通知记忆俱乐部的所有成员
全国作家协会打来电话
卡西村很快挤满陌生人

像老人尼古拉维奇的临终车站……
但没有万人集会，在这忧伤的几天
很快你就下葬了——死于忧伤的人

……在你为自己卧室画满窗户的几年
……在雨季来临之前

*

我的邻居死了
卡西村又多了一位作家
秋天来了
人们重新回到夸夸其谈的生活
消耗时间，和人争吵

为了活下去，有人挖起防空洞

……当经济学博士也回到卡西村

人们重新聚集起来

沿着伍尔夫小道去拜访他的家

*

多雨的卡西村什么也没有失去

欧塞河没有哀愁的灵魂

就算伦敦陷落，东区重新成为城市污点

年轻人还是要谈恋爱，中年人第二次结婚

没有书信往来

快活的时光和从前一样

挖土

——献给我的父亲，并致希尼

我的父亲曾在门前挖土
为了挖出第二口池塘，让我们天天都有鱼吃

作为浏阳河的养子
我们一家五口都生活在这里
在我爷爷死的时候，他给我们传下这把锄头

一把挖出过老房子和旧陶罐的锄头
就在我家后院，父亲后来用陶锉和磨刀石磨它
这把时常闪着白光的锄头在房前屋后翻来覆去
比我的爷爷还要勤快，像是守着自己的坟和土地

后来我的父亲在门前又一次挖土
用黄泥块填平十五年前挖出的池塘
为了栽几棵外地树，为了想象的生活

那时我的爷爷已经死了，我的妈妈独自在门前久坐
父亲一个人在太阳下挖土，穿着我的衣服

是的我已经长大了
已经看出父亲挖土的实在与虚无
那些从地里长出来的鱼汇入最后一场大洪水
那些在太阳底下长出来的树重新遮住我们的窗子

但我们的向日葵和石榴树都不见了
在你也衰老的时候——爸爸
手术刀切开你的皮肤，大货车上一块红布染着外省的泥

它依然保佑了我们——爸爸。现在我们提醒你吞服护心片
请将那把乌青又发亮的锄头交给弟弟

唐的湖

唐太太带着孙女来到门口
雪下了一地，通往市长家的路上
树下没有一个脚印
“天气真好啊”
唐太太伸出手来扯了扯黑披风
头发上的银粉落在手上
“我已经好久没有见过雪”

她开始哭，离开唐太太的手
独自去踩那条没有人走过的路
伤口已经愈合了
市长的阴影依然留在脸上
这个冬天愁眉不展、刚刚失去童贞的姑娘
加入巴黎郊区一家“少女迷途家园”
从此戴上黑手套，再难快乐起来了

中秋帖

当我缩在阳台
想起安变成一个苍老的女人
神经质。她总是跟在别人后面
又从后面坐到旁边
像一个普通中学的中等生
总是用最普通的方法解题
惹得那些年轻人偷偷笑
“这个女人曾经吞食过自己吗?”

而你不知道
安曾经受人尊敬
这个被我可怜的女人一脸菜色坐在前面
她争着说话就像坠崖时要抓住每一棵树
如果不能回到一九九八年
不曾和几个年长的朋友谈谈
你又怎么会知道

这个女人曾经拥有过龙眼、欲火和康乐园

见过时间流逝
每个人都在衰老
当安这样的女人脱掉牛仔裤，穿上大白裙
她丢掉的那些书，谁又能帮她捡起

赵先生

赵先生就要死了
他躺在床上
平静地回忆了一段旧时光
昏迷中那不存在的恋情
让他暂时活了下来
现在他已经坐在轮椅上
由他的小儿子推着
阳光照在他身上
情人盘着头发来看他

“你还好吗？”
“如果昨天晚上我们那个了
你会开心吗？”

妻子和情人在亭子里商量他的后事
赵先生在外面晒太阳

他的小儿子在旁边转圈

赵先生的脸就这样被黑布慢慢盖上了

所罗门之死

太阳出来了

所罗门躺在自己的床上

阳光透过窗户照着他的鼻尖

干燥的纸悬在书架上沙沙响

所有的植物都死去了

所罗门没有吃东西

他的床单也是白色的

抬眼就能望见墙上的一顶儿童帽

餐盘上红草莓的秘密信函没有发出

所罗门奄奄一息

就像死前的奥菲莉亚

阳光照在他的脸上

黑狗伏在椅子上

邻居的木头落下来

整夜都是风的声音

门和开水嘶嘶响

一张旧相片放在桌子上

自由（三）

多么好的一天

严谨的祈祷和颂歌起作用了

流动的约旦河神圣……

这样就好，瘟疫也流走了

所有人拍手唱古老的歌

雨后黄昏多清冷

给我一块白肥皂吧

阳光下我会变得干净

大师的呓语

在一个女人面前

尼采打倒了自己

撕开自己的脸

——

太疯狂了

尼采缠着纱布回到妹妹身边

伏在她的大腿内侧

这个场景让我深深记住了

一九八三年秋天

悲怆进行曲响起

作为听众之一

妻子为他哭泣

敌人为他哭泣

他为自己写的葬歌

首先埋葬了朋友

如今正躺在这里

作为永恒的颂歌

城西公园一条无所不知的小路

伦敦东区

位于泰晤士河以北的伦敦东区
常年飘着无所事事的人
作为一个港口，它有哨兵和补给船
在炎热的十九世纪成为欧洲贬义词

这就是伦敦东区
离沃平救济院不远
拥有英国最多的贫民窟和底层威胁
国王的船队总是绕道走……

如果无意间你来到伦敦东区
请放慢脚步吧女士
说不定能在巷子里碰见查尔斯·兰姆
或叼着烟走过的狄更斯

全伦敦的浓雾都是从这里升起的女士
一百年后的中国市民都能闻到

幽暗的十三年
——致病中庞德

迷雾，灰墙，青石板圈成环形小路
木板床边道道划痕
利器都被收起，写你的名字
埃兹拉·庞德——爱达荷州的问题青年

请你收起小桌板
不要在天上替云朵和上帝命名
如果我们明天能一起走出圣伊丽莎白
威廉斯和杜立特尔就会来看我们

带走我们的行李、利器和药丸
驱车开往最近的空中草原
“谁将来到悲哀的尽头？”
——我们是和平和宁静

一天中清闲的日子

太阳升起如陌生好人模糊的脸

我们的时代

她推开窗
我选择的时代就在外面
我的同伴住进人民新村
和我一起吃饭的人
变成大人物

如今月光多么好
我要说到的地方拥有吊兰
人们在街上走来走去
金虎餐厅的营业时间又延迟了
现在是晚上

我选择的时代进来一个青衣女人
小说家沉迷于叙事
深夜的敲门声响起
被带走的人越来越少
国王学院的天文教授以与人绝交为生

水草的葬礼

水草死了
主任身份传给儿子
提前安排了最后的葬礼
肯定是风风光光的
全村人都在期待
看到装着水草的木棺材
从村委小楼出发
经过白色花园大道
大家都猜测着
但没有人愿意说出葬礼的
规模、日程、墓地的位置

水草最后的谜团终将被解开
人们依然愿意等待
村口大楼最好的房间已经预订一空
为了找到最好的位置
看一看水草的葬礼

红红的下半生

一个男人穿上婚纱
站在婚纱里面
发现了爱情

也是蓝色的
无穷无尽的
暴雨般的抒情

今天傍晚
将全部脱在
红红的婚床上

红红她
也就住进了
大房子

女信徒

她关好门窗
她买来东西
十三平方米的房间
她重新画上窗户

她将厨房装修好
她拨好闹钟
七只闹钟同时快进
现在是早上
不要打岔，让时间先走

她上午打扫房间
下午疏通下水道
马桶干了
她撩起新裙子

试了试风向

——

现在好了，只等天黑
死亡四通八达
“写好的信都寄出去
我的爱玛”

太宰治，和我

我曾经四次想到过死
今天新年
有人送我一件和服
质地是亚麻的
大概是夏天穿的吧
那我还是活到夏天好了

娜拉也在思考：
我没有做出荒唐事
回家时看到妻子笑脸相迎

国王的湖

我又回来了
和你在一起
我的湖
狭小的湖啊

又回到你身边
又记起旧习惯了
我的矮脚马在岸上走
去见老朋友了

穿上南方的裙子
在午夜笑声的水里
我们的湖往东流
在熟悉的南方部落

捡回母亲的胫骨

父亲的灰色心脏
我的包裹里有一封
捎给弟弟的情书

一盏多年不用的灯
我的蝴蝶结又解开了
谁是我的情人——
走吧

去见我的高个子哥哥
去见他，和他打招呼
不要回来了
不要

擦去访客的脚印
见到了泡桐脆弱的胃
我的湖里尽是断枝
断枝啊——

我的湖是绿色的
绿色多么沉腻

多么像深渊

藏着死亡的手杖

你可知道

我的脚步比叹息还轻

回来时没有惊动任何人

浏阳河的背影

浏阳河
我奶奶洗菜的河里
那些年溺水的孩子也都老了

继续藏进浏阳河
丰富它的故事
魔性更大的浏阳河里
我的母亲在河边挑水

我奶奶也就死掉了
烧了她的床和衣服
烧给她房子和家畜
所有的背影都消失在浏阳河里

我的奶奶不能复活了
我的母亲也就死掉了

这么多年来浏阳河的水

我为什么再没有喝过

我死之后

我死之后
会有什么新闻

谁会问起我因何而死
像怀念一条普通的芬兰河流

几个人会怀念我
为我写一段小说

在和平年代
不安招致的怀疑会有多少

请告诉我
该葬在哪里
能吹到东南风

爱情

又一次分手

问你理由

你说：

要结婚了

还是处女吗

你说：

不是了

想起夏天在醴陵

躺在一起

我吻你的小乳房

将冷水浇到自己头上

现在是秋天

夏天过去了

你做过三年处女

现在不是了

年轻时给母亲的十四行诗

她是孤独的

坐在门头叹气

是一本小说的中间部分

有时候她给我钱，给我饭盒

有时候骂我——

她的忧伤看不到尽头

月月坐在门口等我回来

远处的草绿了

远处的草黄了

远处的草枯了

我认得她和木门构成的影子

她从不说孤独，不说穷困

她只说每个月没有钱

她的头又痛起来了

死后

我又回来了

推开门

跳进自己的身体

参观他的地下室

带走几件旧衣服

清明

回家种地，回到涧口去……
和父亲、弟弟在一起
在池塘边洗孩子脚上的泥巴
孤独的时候
走三里多路，去和山上的母亲
说一下午话。

回到那个可以点木柴的地方
洪水滔滔，河风吹到我的家
四处都是熟悉的人
安守同一种道德
遇见全部的亲人，无论活着
或在坟墓里。

镇头

我们的小镇依水而生
房子一遇见阳光就变成金色
倚在文明的墙外，轻轻呼吸
身无病痛的老人死于衰老
杂草丛生，鸡鸣于野
留下来的人不再计算自己的年龄
不为说错一句话而悔恨

在家乡

无论你多富裕，成为多么显赫的人
城里的门槛被踏破，不再说方言
家，总是要回的

旧大巴将你从城里往乡下送
泥雾越来越重，房子越来越散
行道树代替路灯，指引你回家
吃饭的桌子上灰蝇在飞……

这就是你的故乡，没有跟上时代的步伐
每天早晨，人们在公鸡的长鸣中起床
你坐的火车去了另外一个地方：别人的
黑泥土、红泥土、黄泥土，别人的家

永远的家族

我们严家有块坟地
这块坟地如今还在我家叔公门前
坐北朝南，虽然没有山，倒也宽敞

二〇〇一年，我爷爷死后
就埋在这块坟地，在我奶奶旁边
他们两个的坟啊，圆圆的，相隔一米

他们生前的关系怎样，我早就忘了
现在他们挨在一起，年复一年
一句话也不说。这种关系

就像他们还不认识
一九三二年生的施爱华遇上
一九二七年生的严定洋。他们相亲

现在他们埋在同一块坟地
这个二三十人的家族议事广场每天都在讨论些什么
野鼠是最清楚的:“每个人都有过秘密。”

那些小家伙在这里挖洞，晚上在底下跑
这里不也是它们的村子吗？它们生老病死
和严姓族人及他们的妻子擦骨而过

风吹过他们共同的村子，它们的地下庄园
夏天的洪水在身边流淌——他们昏黄的海
他们的神鬼故事，日常纠纷，债务，爱与恨

如今都在这严家坟地
既不神圣，也不卑贱，我们所有人的父母兄弟
像浏阳河水静静流淌。希望我死后也葬在这里
慢慢迎来我的妻子和儿女，我的母亲。

爱情

你是怎样的人——

没有人比我更适合赞美你

当我推门进来

带着你熟悉的花

没有人比我更适合拥抱你

低头看见你的眼睛

当我推门进来

带着你熟悉的花

没有人比我更适合写你的名字

与你合用一块墓地

当我推门进来

带着你熟悉的花

向他们介绍你

做你遥远的妻子

白桦林

木樨花蔫了就落下

白桦树折了就倒下

铁路线到尽头

枕木返回森林

——风声日日喧哗

我的姑姑说

在兴安岭

大火烧过的地方

青草都会长出来

狐狸眼睛漂亮

穿过隧道……

他靠墙坐着

我也不知道他要做什么

他拿出一个铁皮碗

你以为他是来要饭吗

他看着自己的手

他是不是在否定自己的手

他扶着墙站起来

是回家还是去喝酒

一个女孩走过来了

现在一个女孩走过来了

西方宣言

新闻报

热闻报

巴黎晚报

自由报

它们挤在出租车站

等着太阳下沉

单车青年走过来

带走一天（废弃）的哀愁

城中的旧消息和红色指示牌

湿漉漉的人行道

又到了圆桌诗人活跃的时候

他们点燃芦苇

芦苇就烧了起来

大雨中浓烟滚滚

人们很快会习惯沼泽生活

读着新的

新闻报

热闻报

巴黎晚报

自由报

乌鸦

爱伦·坡并不想杀人。他的读者中有庸众、圣徒和凶手。

乌鸦在午夜寻找死者的音讯——哦，不，是尸体的香味和哭声。

为一个多嘴的舞台剧批评家默哀吧！

为一个杀死舞台剧批评家的凶手默哀——谁也难逃一死。

愿他尽快找到有文身的女佣，偷看继母束胸掉落的抄写员……

悬起钟摆切开侏儒的腹部，愿他死时喷出红色地图。

在一个浓雾升起的早上，市长的化装舞会开始了。

化装舞会——

每个人都有跳舞和接吻的机会，直到夜色降临

敲门声没有响起

谁又能真正关心自己的命运？下一个死者是谁？

爱伦·坡并不想在油灯下杀人。

他的读者是女佣、抄写员和市长千金。

乌鸦在午夜寻找死者的喉管——

不是约翰、爱丽丝、卢克和布莱丹。

不是任何人。

是你自己。

乌鸦之城

一

大鸟飞过的纪念碑

风筝飞过

红珊瑚和蓝宝石的鬼魂

在纪念碑上结网的鬼魂们

听到有人说话的声音

是那些穿开裆裤的孩子

从自动步枪金黄的钢管里

发出的赞美诗、进行曲

重写死者的故事

“最好看”

恶棍毕加索

世界上最大的恶棍之一毕加索又有了新妻子

他的前妻和前女友们组成 V 字仇杀队来报复他

随着毕加索年纪越来越大

仇杀队的规模越来越庞大

毕加索每天活在新妻子的美貌和

V 字仇杀队的死亡威胁中

人人都痛苦地活着

毕加索也不例外

最后他死了

他所有的妻子和女友也在接下来的几十年中

陆续离世

在一张白纸上

毕加索终于成为一个画家

如他自己所愿

他还出版了诗集……

艺术学院的神和民间传说——毕加索

作为世界上家庭生活的反面教材

他的头像以黑色和暗紫色印在靶心

所有走向婚姻的人都向他吐唾沫

恶棍毕加索——唉!

陀思妥耶夫斯基笔记

1

波尔宗科夫还没有完全被生活压垮

他靠扮小丑在有钱人那里混到饭吃

生性懦弱

在一次决斗比赛中活了下来

2

他们充满幻想，抑制肉欲

一年只为全家做一件衣服

他们模仿堂吉诃德，常年在外

但生活仍然救不了任何人

黑暗中烈火的死屋拥有最高的

人类品格

3

贝科夫打开窗

从床上拽醒熟睡的涅兹万诺娃

他用手玷污了她

十点钟踩着金币重新爬过窗户

当晚他在日记中写道：

十二月二十日晚上

我又拯救一位穷人

4

存在主义小说，地下室手记

幻想讽刺症患者，鳄鱼

写实的狂欢曲，赌徒

心理变态自言自语的人，永远的丈夫

全部是幻想，荒唐的梦

5

我是一个病人，一个凶狠的人

我不招人喜欢。我认为

我的肝脏有病，但不要紧

我瞒着女朋友，去看过医生和

殡仪馆工

6

此人活着时是那个时代的典型人物

他的墓地周围有他从前的熟人

妻子常来除草，野鼠常来打洞

他在夜里常常听到金币和马匹交谈的声音

7

一个正派人最津津乐道的会是什么？

——谈谈自己。

8

我绝不会离开彼得堡

因为它就在这里

离我最近

9

要做好一个人

只需要一个普通人四分之一的意识

就绰绰有余了

10

美与崇高

在十九世纪的俄国曾

短暂流行

那时道路宽敞

如今它们已经成为笑谈

甚至被诗人嫌弃

不值一提

11

先生们!

如果你们有时间

请抽空听听十九世纪富有教养、患牙疼病人的呻吟

仔细听听他们的疼痛与一个粗鲁的庄稼汉的呻吟

有何区别

请相信牙疼病也有它的基本趣味

包含性高潮般的快感

12

先生们!

牙疼病并不能带来终极趣味

我的心灵深处并不相信

它们是痛苦

你不是一个喝酒的人
——献给卡夫卡的十四行诗

你不是一个喝酒的人
不是醉鬼和流浪汉
你在别人的街上走
穿一身干净的黑色西服

你在他们中间走
经过蛛网和斑马线
你不在菜市场
也不是那个容易被撞倒的人

哦，城堡的主人和小职员的长子
你轻轻呼吸，永不衰老
拥有仆人、栅栏和马群
一生不被谴责的人

卡夫卡，亲爱的卡夫卡

我爱你的名字，也爱你推开的门

日常颂歌

我买了一件浅绿色的棉布外套，很好看。
把它挂在墙上，一只云雀飞进来，贴着它，拍打自己的翅膀。
太阳照着我的新衣服，又照着云雀，它们两个
都在我的房间里，像是专程取悦我一般。

这样一来，我想，可以将原来那件穿旧了的
咖啡色外套取下来，丢到窗户外面去。
窗外是一条三四米宽的小河，河水长年流淌
不论四季，一年到头都有
水的声音。这样的环境让人容易产生幻觉
仿佛窗外随时都有桃花开着，桃花
粉白色的花瓣熟了就落进小河里去，随着河水流走。
桃花长年开，长年不尽。

这自然是想象的世界……
如果我取下旧了的咖啡色外套，将它丢进河里

如果它

是棉质的，会很快被水浸透，慢慢沉入水底。

可它是卡其布的，那它也会顺流而下

像一个半大的小孩浮在水上……它们顺流而下。

这样一件衣服穿了十年，实在很久了，它是一件衣服

一件衣服，而不是一个人。

如果是一个人，放到过去，和另外一个人

在一起，十年不是漫长的。

十年有多长啊——一晃而过。

十年前你还是小孩子，他已是大人。

十年后你们都是大人了，你们可以是师生，也可以做恋人。

十年之间，一个人可以成为思想家、哲学家、小说家、诗人

成为街头资深流浪汉。在朝阳北路

一个乞丐曾在同一个地方乞讨七年。

七年，他没有死，仍然活着，等着人们来和他相遇。

对这一切我不会说什么。我给你的是一种文学生活。

每天晚上坐在这里，没有去外面吃饭、喝酒、约会

笔下所有的词语都有一种暖和的微光，它们照亮我

当我说到风，说到三四米宽的河流，它们都存在

你不要怀疑，也不要寻找。

我的太阳照在房子里，在新衣服上

我的肩上，我每天赞美太阳，重复说出太阳的金色

——是的，我信奉它。没有绝望——丝毫没有。

往日时光

我曾在美国舰队服务两年

那时的生活让人难忘

每天和年轻的大兵在一起

我手上有他们的帽子和枪

挽着一个人的脖子

我们在一张酒桌上说话

白酒，黄酒，葡萄酒

只要风平浪静

我们每天都要喝啊

我是一个幸运的美国小姐

他们把我安排在新兵营

那里的年轻人个个都漂亮

我敞开裙子坐在他们身边

坐在他们大腿上——没有一点难过

如果我想谈恋爱

你相信吗——

吉姆和哈克森都会爱上我

带我去见他们的妈妈

可是我的妈妈

第二年我就见到了她

遥远的妮萨

听着——

当猴面包果落地

我会给你讲一个故事

你的姐妹如何成年

你的弟弟为何死去

你的母亲经历几次婚姻

成为一个真正的女人

我会打开话匣

告诉你这里从前的生活

水塘为何干涸

带你去采集十三种毒草

我们没有马匹和山羊……

这样的生活还会维持多久？

谁能说得清

但风会带走我们

成为泥土中消失的事物

我会给你讲另一个故事

青年乔伊斯之歌

这个人长期拮据
教英语——教德语——
忍受着远离知识圈的孤独
只能将小说选段寄回家
请唯一一个写信的弟弟批评

他向斯坦尼斯劳斯出售秘密
为了一点生活费
他出卖爱人——
可还是爱着她：
哦，小诺拉，她可不是一个妓女

和她一起闲逛
在巴黎的街上转
离开了那家
“希望旅店”

晚年
——乔伊斯笔记

习惯了人前风光

如今还有聚会

有时他想起昔日的狂欢

也会开口唱歌

而那些黄色的歌曲

棕色的琼浆玉液[1]

都已经消散了

这时他唱一首平静之歌

有时他收拾包裹

要回到旧日旅馆

唉——她[2]的吉姆又输了

1. 年轻时燃烧的、放荡的乔伊斯。
2. 此处的"她"指诺拉。

在午后的藤椅上沮丧着坐下来

——悬崖峭壁[1]

是他每天还要去的地方

1. 临终深渊，永恒的词，芬尼根守灵之夜，失去露西娅的每一天。

一份失效的雨果预言

一八七〇年
雨果重获自由
在火车上老泪纵横

七月的一天
战争爆发了
雨果在院子里种橡树
炮灰点燃当天的报纸
雨果说：

一百年后
再也没有战争了
再也没有教皇了
而我的橡树还
高耸在大地上

父与子

他爸爸昨天早上在街头
被人用刀误杀了
一起死掉的还有他的
小妹妹……

血铺满无人三街
一直流到人民东路

但是，作为一个人
一个社会民主党份子
他没有说三道四的权利
（如果持证，或许会好一点）

他坐在自己厨房里哭
（想想父亲就这样死了）
这个好人抓着自己的脑袋

（想想妹妹就这样死了）

出门前终于说服了自己
为了保持沉默
他重新安排自己的生活
白天睡觉，晚上跳舞

……日复一日
作为一个成年人他得到了赞扬
……终于忘掉那些伤心事
并且有了新爸爸

祖国的小旗高高飘扬
林荫路上尽是春光和
死鸟的歌唱

诗

随着人工智能与科学主义普遍应用，三十年后
物质的最小单位随人的意愿和能力自由组合
新物品与旧物品可以完全一样
（包括和邻居家一样的狗
和总统的情人一样的情人
两个互相认可的上帝……
如果能说服自己，关于欲望的纷争将消失）
人不再需要高深的应用型学习、专业技能
对大多数人来说，创业毫无必要
追求知识和追求爱情同时作为打发时间的方式
义务教育只需要开到六年级
人们主要的时间花在文学、哲学等
精神领域，以及去学会如何玩乐
享受独处的时光，对肥胖、平均智商衰退
保持一种习惯性乐观……
就可以了。但比如天然性能力的维持
作为一种精神品质，依然是世界性难题

我是怎样的人

我在想我长着一张什么样的脸
这张脸在镜子中还是在手上
在你的眼睛里或被你亲吻吗
现在我在沙上走，在泥里走
在月球背面般的夜里走
我的脸上哀愁和恐惧像灰色在黑色上
流出来。没有人看见。没有人看见
这不甘寂寞的人将爱过的手一夜之间
全部叫醒。就在我和你说起这些的一瞬间
你知道吗？我忘掉了它

雾中的姐姐[1]

在夜里丢掉童贞
失去太阳、月亮和腮腺炎[2]
哀伤奏鸣曲响起
天使军团[3]横过奥得河……

如果我大叫起来[4]
——妈妈和爸爸
如果你们能听见
就藏在浓雾中吧

解开蓝色绳索
今晚就带乌拉[5]过河
探照灯送我们向西流

1. 出自西奥·安哲罗普洛斯《雾中风景》。
2. 腮腺炎，曾在曼德尔施塔姆《列宁格勒》中出现。
3. “天使军团”出自里尔克的诗句。
4. “大叫”出自里尔克的诗句。
5. 乌拉，电影《雾中风景》中姐姐的名字。

那里是草原、柠檬树

成年人的黑火车每晚都

开往德国

伤感的多人派对

当他们集体做了那个决定
要在某年秋天完成一个仪式性的狂欢
就算是为了其中某一个尚在处女中的人

……现在他们实现了这个决定
在一个有十三个月份的秋天
在一对高级驯兽师家庭的大房子里

他们将车停在外面——有人走路去了
推开门时他们沉默着以双手打了招呼
每个人脸上都是阴天和积雨云

就在后来那个温暖的时候
就在高级驯兽师悲伤的家里
他们将衣服脱在客厅的沙发上

他们从客厅开始抬起对面人的脚

……狂欢开始了

狂欢在第二天早上结束

他们分头离开了大房子

第二天还是朋友

第三天还是朋友

截句集：国王的湖

1.

与人为敌

做一个不受欢迎的人

2.

去日本时

逛了皇宫

看见野鸭在国王的湖里

木头都在门上

3.

万能青年旅店——

夏天傍晚之歌

啤酒之歌

地铁倒影之歌

悲伤之歌

4.

你迷恋时间

酒气不重

5.

矮子不必发言

6.

山梳过头发了

鸡在河滩上吃东西

一堆火在树下烧

三个人在车里说出秘密

7.

今年夏天我藏起一截玻璃

它钉在墙上

常与我做伴

8.

秋风收起她们的裙子

男人收起她们的舌头

狗的伤和我一样

听她们将美貌流出来的声音

9.

北海道

六月绿草如茵的北海道

10.

我买了一支蓝色钢笔

给它填好蓝黑墨水

写了三个字：

真好看

11.

阳光温暖时

你要悲伤啊

悲伤时

阳光会照在你身上

12.

我的任性影响了孩子

就像我从母亲那里学会了死亡

13.

我的父亲有一块好地

你能在那里找到衣裳

14.

我们总是一件、一件加衣服

我们已经不会说：

天气真的变凉了

15.

站在她身后

我真想闻闻她好看的屁股

16.

一只麻雀飞到窗台上

啄着自己的影子

过了一会

它快活地飞走了

17.

大和尚养了一只鸡

小和尚下山去结婚

18.

他丢了佛像

以一只白猫代替

19.

“我希望在早上七点钟

以最简单的方式下葬”

20.

我出门去了薇拉家

昨天她穿着一件深色大衣来看我

戴着一顶细绒线的黑帽子

她说要送给我一份东西

作为今年圣诞节礼物

我说好啊，拿回一幅画

21.

大河沉静，青草疯长，一片浅绿色

我喜欢它们，它们辽阔，蕴含悲哀

22.

我的朋友都过了河

我过河时

河水不过是再流一遍

23.

那年夏天

我的心里长出了风筝和鱼线

24.

贫穷已经不够用了

他们成为凶手

去掏那个社会的腰包

过夜晚的正常生活

25.

少年时我常在河边

给水中的情人写信

和岸上的人打招呼

26.

唢呐

是最好的乐器

是婚礼和葬礼

呻吟和哭泣

27.

红苹果、鲜花

和命运

都有相似的故事

我不因拥有玫瑰而感到抱歉
——刘汀、严彬谈话录

时间：2016年6月6日至7日

方式：微信对话

人物：刘汀（作家，《人民文学》杂志编辑）

严彬（诗人，媒体从业者）

刘汀：严彬兄好，我们这个访谈会非常有意思，村长（朋友们对刘汀的称呼）访问书记（朋友们对严彬的称呼），感觉像是某个村里开会了。

严彬：哦哦，我已经成为一个俏皮的人。村长刘汀兄好。

以前都是我找别人谈，这回终于有人找我来谈谈（文学）了——其实去年有一位杭州的女孩，当时我出版了一本独立诗集《我不因拥有玫瑰而感到抱歉》，我们也聊了聊。

刘汀：我不知道你究竟写了多少首诗歌。之前在微信上看了很多你公号自媒体发的，还有杂志上发的，最近又集中读了你的诗集《国王的湖》(电子稿)，还有其他的诗。我想首先问一个大问题，也是虚问题，诗歌对你来说意味着什么?

我个人觉得这个问题很重要，倒不是说期待着你给出多么深刻或惊人的答案，而是觉得对这个问题的回答，会透露出你对诗歌的非常原初和根本的认识。

严彬：诗——请允许我在这里将“歌”字去掉，我觉得这更为庄重——是我生命里的东西了。这样说可能还不够确切，我认为自己是纯纯正正的诗人，以一种诗的状态生活，并进行诗的写作。虽然这种意识似乎来得比较晚，我是在二十二岁才恍然大悟，走上了诗的路，成为诗人。大概是2003年的夏天，在我们住了八个人的大学普通宿舍，我对面的同学，我们当时认为十分不着调但毕业后第一个找到工作的蔡某人，他笑着和我说：严伢子啊，不要写诗啦，我看你以后还能写得下去不。

当时我怎么回答的，不记得了。大概是“那你看着吧”之类的话。那时我不过是学校论坛一个活跃的写诗的，没有发表过一首诗……如今，你看，十多年了，我还在写。

前天和一个人聊天，我这样说了一段话：如今的中国，由于不少所谓诗人自我的沉沦、普通人的不理解，加上媒介的煽风点火，“诗人”被奚落已经很多年，不再具备20世纪80年代那种“诗人”的光环和诗能够带给人的荣光。但我知道真正的诗是什么样的，真正的诗人拥有什么样的人生。我觉得自己是天生的诗人，有诗的天性，我愿意向任何人，包括我的父亲，介绍自己的第一身份是“诗人”。

我很荣幸得到了我们共同的朋友，作家和诗人蒋一谈这样的评价：在我认识的80后诗人里，严彬是唯一一个随时随地活在诗歌状态里的诗人，他对诗歌的热情超过了他对现实生活的热情。

刘汀：我记得弗洛伊德有句话，大意是说：每个人都是诗人，但只有诗人能成为诗人。我觉得你是那种很早就认定自己是诗人的人，根据我们的交往，我也比较同意这种说法，诗已经成为你的生活方式，或者说你是用诗的方式在生活。

严彬：我写诗的时间很晚了，直到二十二岁的时候，才开了窍。大概是在2002年，在遇到对我影响极大的大学语文老师之前，我对诗的所有认识，估计没有超过中学课本吧。是姚海燕老师引导了我，包括我2005年能够来到北京——你可能不知道，我不过是一个被命运开了个玩笑的人，放到离家不远的一所普通本科读着市场营销专业——她为我们上的第一堂语文课，放了两部电影：《死亡诗社》《爱比死更冷》。

我最初的诗，就是从姚海燕老师和她带来的两部电影开始的。所以我也很相信命运，是命运发现了我，我追随了命运。

刘汀：由此我的好奇在于，你如何处理诗与日常生活，比如说家庭生活的关系？

严彬：诗与日常——你知道，我是一个将生活过得很不怎么样的人。也不是说就很困顿、落魄，不是这样。命运待我不薄，但我仍然过着紧张的生活。尽管每天都处在与自己、与妻子、与家人，甚至与厨房的蟑螂和抽油烟机焦灼的对抗中，我仍然过着恍恍惚惚的日子。我总是和自己说：哈哈，就是这样，一天一天得过下去吧。

我的妻子是一个很好的人，但她几乎受不了我的无计划、懒散、生活习惯差。我们在磕磕绊绊、吵吵闹闹中，婚姻已经走过九年了。这很神奇。如果回过头去，我会怎样？好像很理想的样子——走入荒野吗？就像我平时唠叨的那样，我不会去做一两个月以后的计划。可生活还是这样过着，不是吗？

一个人的生活肯定对他的思想和创作有巨大影响。我的诗和小说里，有大量日常性的东西。比如我写《五月的一天》，也写“蟑螂之歌”。我常常将见到的人写进小说里，“小红”有很多人的影子，譬如女邻居、教授的女学生、很久以前的同事等。很多人在生活里找文学、找诗意，我倒是希望自己能让人在文学里看到生活和人的更多可能性——虽然现在人们习惯说：现实的荒诞程度已经超过了文学。

刘汀：我倒觉得，正是这样的生活，在一定程度上造就了你现在的诗。

严彬：也许吧。都有因果。“谁记得一切，谁就感到沉重”，这是爱伦堡写在《人·岁月·生活》的话。我呢，既铭记，又忘性大。就像诗人西娃说的我，“总是像一个喝醉了的人”，哈哈。

也许这样的生活像恶之花，让人难过，却也可爱——我也觉得，不是谁都能忍受的。比如你，你的生活过得比我规律、有计划。你也写着诗。只是，我们的诗有不同的方向。但不要紧，都是诗。诗是一种天赋，给真正的诗人。

刘汀：在我认识的诗人里，你是个人形象和诗形象比较一致的人。读你的诗，我感觉到一种骨子里的忧伤（这个词有点不准确，但一时也想不到更恰当的了），甚至是颓废的东西，这种东西似乎是你诗里面的一个核。你觉得自己的诗里，存在着一种统一的根本的东西吗？如果有，是什么？

严彬：我想，根本的东西是有的，统一的东西大概还没有，对我来说。柔弱的、敏感的、幽微的、感性和理性并存。加上，比如我又有我们共同的朋友彭敏的特点——矮。我专门写过一首诗奚落自己，就叫作《矮》。这些东西，也导致了我自己常常陷入近似哀伤、郁郁寡欢的氛围里。这种氛围里面有很多东西，个人的、个体的、社会的、人的、物的、动物的，甚至我喜欢原野，喜欢大雪覆盖的地方，我还有让人为难的知识分子情结，我关心社会，我要写“献给好人的鸣奏曲”……这些东西在我脑子里打架。所以，我也有很严重的头痛病，是一个精神不佳的人。

所有这些，我表达了的、我现在忘记表达的，都在我的生活和文学里得到了统一——文学，而不仅仅是诗。我对自己的小说和随笔，也充满了迷恋。

但你说的统一，我知道，十几年来，我的诗在变化，从幼稚向成熟，从一种风格向另一种风格。从前我很愤怒，我还写过童话诗，现在我常常是低低的悲鸣，希望用小的声音，去说幽深、广阔的东西。低微，并不代表没有力量，不是吗？老年病才是最黏人的。

至于颓废，我觉得自己更接近虚无。说虚无，也不是真正的虚无，就像我希望好东西能在眼前，又觉得眼前的和我又有什么关系？在我自己整理的诗集里，我将十几年来写的诗在筛选后进行分类，其中有一本诗集的名字，就叫《高潮是一切人类凋零之时（虚无主义的诗）》。我不希望自己是颓废的，作为一种生活状态，那不是我希望的。我会写颓废的诗，这倒没什么，人人都会有两首，只是程度不同罢了。作为诗人，我和兰波还有距离。

刘汀：这个问题我也想问：除天生的诗人的命运之外，还有没有能表述出来的促使你不停地写，甚至把写诗作为一种生活方式的原因？

严彬：天性以外促使我写作的，写诗的东西，当然有啦。

生活！关于这点，其实我们上面已经讨论了很多。没有几个人能像康德那样，不踏出出生地一步，在一个小地方，耗尽一生思考整个人类理性能抵达的问题。我们总是被生活的触角包围着。我是一个对生活极为敏感的人。我周围所能见到的一切，就像诗人根子写过的，“我的眼睛看见的一切，都是杀我的凶手”。我不会放过我见到的一切，这些人与事影响着我，我的妻子、我的女儿、我租来的四十九平方米的房子、我的房子里不断长大又生育的蟑螂们……还有那些在路上走过的人，那些恋爱的人和卖房子的人，那些经过我将头扭过去的人，将我视为小孩的人。我不会放过这一切的，至少，在我脑子里，在我的观念里。有时候我会写出来，比如“留有腋毛的女人是最美的”。

感谢生活，滋养了我。

刘汀：蟑螂是我们共同面对的敌人，我也一直在家里跟这种顽强的生物斗争。你刚才说到“让你为难的知识分子情结”，你对知识分子这个身份似乎有矛盾感。

严彬：哈哈，你找出这首诗，这首会得罪诗人。它确实是我写的，在我有一回见到一个微信群里他们的讨论。我飞快地写完了它，感到好笑。其实，我们不也是知识分子吗？至于“知识分子诗歌”，也许有吧，各人有各人沉迷的东西，我不也写过《我们的时代》吗？但我在写《回应一首知识分子诗歌》，确实被当时的自己逗乐了。

我选择的时代进来一个青衣女人

小说家沉迷于叙事

深夜的敲门声响起

被带走的人越来越少

国王学院的天文教授以与人绝交为生

——《我们的时代》片段

那，你说，我所认同的知识分子又是什么样的呢？不是语言上的不可捉摸者，不是一骑绝尘生活着只做一件事情、只与一类人交谈的知识渊博的人。我希望是类似托尔斯泰那样，有爱的人，在晚年仍然恋爱，仍然爱着他的邻居，将自己漂亮客厅里的面包放在木板桌上分给身边人……也许还不确切。

刘汀：说到知识分子情结，我感觉你有点像19世纪俄罗斯小说里的知识分子，文学史上称之为零余者形象。柔弱、敏感、幽微、感性和理性并存，这和你的诗是一致的。

严彬：是啊，你说，零余者。是，又不是。一个内心被伤害的人，又被自我支撑着，我始终有一种精神贵族的宿命感。我不认为自己是多余的，相反的，哈哈，我认为我是在眷顾人类和这个世界，活一个样子给他们看。卓绝的精神（产物）从来都是稀罕的，需要自我牺牲的。不要紧，我认同这种牺牲，在我身上。

我也理解契诃夫笔下小知识分子和他们的命运。那不是我，我并不想那样，只是现在看上去可能有点像他们那个样子。

刘汀：我们聊点更具体一下的问题吧，比如我在读你的诗的时候，注意到有相当一部分写到了故乡和童年记忆。对于写作者来说，这两个是永恒的写作资源。

严彬：故乡——这两个字，让我叹了一口气。这里头包含着我太多难以描述的东西。

但我试着说一说。我是从2001年，我上大学起，就离开了浏阳河边的家，如今已经三十五岁，在外面十五年了。这十五年里，我的两个爷爷（我爸爸为上门女婿，两边的父亲母亲，我都叫爷爷、奶奶）去世了，我妈妈也去世了，我隔壁的邻居——现在已经想不起名字的一个女人去世了。我在北京结婚又生子，每年回家一次，带上一些东西。但是那些童年暑假里躺在家附近池塘边的方地上，看着太阳光穿过柿子树叶，照在自己脸上，又吹着夏天的风，听着夏天的鸣蝉，感到舒服的日子，再也没有了。

这很正常，故乡、童年，都是属于记忆的词。每个人，都在或多或少，将自己的故乡和童年流失掉——除了那些一直待在原地的人。但这些，给了我记忆。特朗斯特罗姆也说啊，“记忆照见我”，是吧。

故乡、童年，这是作家永恒的财富，是我们写作上的灵感源头之一。对我来说，我很珍惜这些，尽管记性不好，但是，你看，说起这些，我仍然能描绘出来。我记得小时候，因为我妈妈奶水不足，她们将我带到一里路以外我一位同学家，躲在黑的门背后，由她们抱着，吃同学家妈妈的奶……这些东西，美好的，或者，像我一直会记得的，总是坐在门前独自叹气的我的妈妈——唉，怎么说呢。如今我很少写这些，故乡和童年在我的诗和小说里比重并不大，但大多是很重要的、很带着我自己色彩的。

就像这样一首诗：

浏阳河

我奶奶洗菜的河里
那些年溺水的孩子也都老了
继续藏进浏阳河
丰富它的故事

魔性更大的浏阳河里
我的母亲在河边挑水
我奶奶也就死掉了
烧了她的床和衣服
烧给她房子和家畜
所有的背影都消失在浏阳河里

我的奶奶不能复活了

我的母亲也就死掉了

这么多年来浏阳河的水

我为什么再没有喝过

——《浏阳河的背影》

刘汀：这首诗我也印象深刻。你提到了母亲的去世，我正要问到相关的问题。母亲的形象在你的诗里也非常重要，我阅读时的感觉，有时候是实的，有时候又是虚的。我感觉母亲离开这件事，对你诗的写作有着很重要的影响。

你有一首截句：

我的任性影响了孩子

就像我从母亲那里学会了死亡

还有那首《给母亲的十四行诗》。

严彬：我母亲——她是实实在在生活着的人。她的死，也是真实的。要知道，她是自己了结了自己，自杀，和以前很多死去的农村女人一样。上学的时候，有几年，我爸爸不在家，每次我回家去，找我母亲要生活费，她就会唉声叹气，“哪里来的钱啊”，她总是这么说。我不找她要钱的时候，也常常见到她一个人痴痴地望着一个东西。我也不知道她在想什么。她四十九岁去世前的一两年，总是怀疑得了癌症。她的身体也不好，头痛，肠胃不好，到后来，一天要上很多次厕所，她还和我说过，有时甚至来不及，会弄脏裤子……唉，我在想，她过着什么样的生活呢？尤其在她心里，她想着什么呢？她又不像我，还关心别人的生活，国家的事、社会的事，也去操心。她不是啊，她就活在自己的生活里，在我们家里。她也几乎不出远门，除了2009年来过一次北京，坐了飞机，我就没见过她去哪里，离开过镇头。她也不会去读那些文学书、社会学书、知识分子的书，你说，她心里都有些什么？……我不愿去细想。就像她最后自己走了，我也不想去问，到底是为了什么。她走了，就走了吧。

我是在来北京以后，才越来越觉得，我和我母亲太像了，身体的素质、一些状态，都像。但我不发呆。甚至我觉得，我没有真正绝望，我不会对自己开刀。我太知道自己了，在这点上，我感觉我太理性了：我知道自己还有什么要做，我必须和周围和世界耗下去，拖着我这柔弱的身体。

很长时间，我没有为她写什么。我也不知道该怎么去写。但毫无疑问，我认为自己拥有和我母亲相似的气质。我们内心里都有很阴郁、幽微的基因。

至于刚刚你提起的这两句诗。我相信它只是两句诗。就像我妻子常常在我的诗和小说里找我的生活，那里面不只生活，生活只是影子，文学的世界可以更大。

刘汀：是啊，生活是文学的影子。很抱歉，这个问题有些残忍，我没想到她是这样离开的。

严彬：没什么，这是一个人的命运。你为什么要躲呢？躲不掉的。

刘汀：是这样。我老家里也有很多人经受类似的命运，他们不叫命运，叫命。我在文章里专门写到过他们对“命”的认识。

严彬：对，就叫“命”啊。“命运”是一种文雅的、字的东西。你信命吗？我信，又不信。我不会认为有什么约定了我的生活，但发生的一切，我都归结为“命”。命里我昨天喝酒，昨天做梦，但谁知道明天又会怎样？

刘汀：我把命看作是中国人的生存的智慧的一个核心词，这个话题将来似乎可以专门来讨论下。坦白说，我还在你的诗里读出了另外一种珍贵的东西，那就是对欲望的直接书写。我觉得这是很珍贵的，需要一个诗人的坦诚、勇气，也需要才华。

你自己怎么看这个问题？还有那首在朋友间比较著名的诗，我就不引用了。

严彬：比如人，人如果没有欲望，那又还有什么呢？穿衣而止于保暖，男女关系止于传宗接代，那有什么意思呢？就不可爱了啊。

我觉得，欲望这种东西，洗得白一点，就是愿望啊。我喜欢一个东西，我想要一个东西，我想成为某一种状态……我可以去想啊。那么这种东西，欲望，它在实现的过程中，可以满足自己，也可以伤害他人。它既可爱，又可恨。你可以回避它，我也不反对，但为什么我不可以表达它呢？对吧。

放在文学上，这也是很大的一个方向，一个复杂多空的大城堡。我（或者你，或者文学人李小白、妇人爱玛）见到某个东西，或者我想到某个东西，我对它带有某种愿望，或多或少，这不是很有意思吗？那样我可能会更细致地观察它。一个年轻美丽的女人从电梯上升，恰好与我相遇，即便我是钟楼怪人，我不可以在心里爱一下她吗？这种爱没有错的，也是——应该说也是无害的吧？

很多人都在书写欲望，也有更多的人在回避。这都没有什么。我有二十来个知道名字的人，有一个微信公众号和一份自己印的刊物。我们在里面讨论欲望，写与欲望有关的诗，我们还拿出来交流——但并不意味着，我们都是生活着的欲望强烈的人啊。小 A 还是性冷淡呢。我写欲望，写“红红的婚床”，我也要写伦敦的街道、冲进小镇的海，“河上电梯”“偷情家”和“中等生活”，我都在写。

你想啊，欲望，这么可爱的东西，你把它写成酸不拉几、呆呆板板的，那有什么意思呢？当然是要靠一点合适的才华和趣味吧。

刘汀：你提供了一个好公式，欲望洗白一点就变成愿望。欲望应该被当成一种正常的事物看待，既不必妖魔化，也不必神化或极端化。

严彬：妖魔化——确实，欲望也诞生妖魔，但妖魔在文学里面，那也是闪光的，也有它的黑暗世界和它的王。

刘汀：今天的聊天，我还有两个想问的问题。一个是，我第一次和你见面的时候，喝完酒，我们一起走去地铁站的路上，你谈到了你女儿，你的一句话让我印象深刻——我太爱她了。我很理解你的这种感觉，我对女儿也有这样的感慨。我到现在也没给她写出一首像样的诗，你的诗里写到女儿的似乎也不多。

严彬：我现在三十五岁，我女儿七岁。我看上去还像个小孩呢，很多人觉得，“你怎么会有孩子？”

我的女儿，我给她取了个小名，叫作“小番茄”。我觉得很亲切，很喜欢一遍又一遍叫她，“小番茄——小番茄呀——”。我用名字来讨好她。

在有孩子之前，我从没想过自己会结婚，或者有自己的孩子。一切都是突如其来的，2008年的某天，我们还在恋爱，突然就有了孩子。像我这样的人，经过挣扎后，最终还是委身于生活——所幸的是，女儿小番茄的到来，让我感到生命的神奇。当她躺在推车里从产房白色的门里出来，柔黑的头发那么多，她整个脸的样子，让我感受到另外一个我。

她肯定改变了我的人生轨迹，也影响了我的写作。但是，我至今没有为她专门写过一首诗。

这听起来好像很难想象：我不是很感性的诗人吗？为什么不给最亲近的人写诗？那我想说，我母亲意外去世后很长一段时间，我也没有为她再写过什么——在将要动笔的时候我总在想，什么样的文字、什么样的诗，是配得上她的？也许，就是这样，我还没有找到适合小番茄的诗吧。

刘汀：暂时无法给她写出配得上的诗。我有同感，但我想我们终究还是会写的。

严彬：是啊，我觉得父女之间这种爱，这种迷恋，可能比恋人之爱更稳定，是永恒的。

你也有了自己的女儿——我们诗人总是更容易生下女儿。

刘汀：儿童节的时候，我给女儿写了一篇文章，题目是《你呀你》，你可能没看到。之前也给她写过诗的草稿，也是关于名字的。这一点竟然是不约而同。

严彬：哈哈。女儿是神对诗人（尤其男诗人）的恩惠。

刘汀：跑题了，哈哈，回到正题上来。这个问题可能是我来访谈才会问，其他的访谈者不会问的。那就是你参加了第四届“人民文学·新浪潮”诗会，当然我也作为杂志社的工作人员全程都在，以及后来“新浪潮”四班的种种活动。说说“新浪潮”诗会以及四班的这些诗人们吧，对你的影响，等等。

严彬：参加“新浪潮”诗会，对我来说是一次美妙的经历——这是说小了去的。你也知道，我啊，一直做媒体这么多年了，对开各种会，甚至是厌倦的。以前我总是不说话，躲在角落。参加诗人的会也是如此。“新浪潮”呢，在我们没有见面之前，是有一个群的，你也在那里吧。我是很少说话的——

说什么呢？我也不知道。我这个人，和陌生人其实是没有太多交流愿望的。大概是我对自己太清楚了，太知道自己怎么去满足自己了。那，见了面以后呢，就大不一样了。你也看见，第一天，我们就喝多了，醉了。都是年轻人啊，脸上——大多数吧——又是那么纯真（还有比较木讷的，哈哈）。处着处着，五天时间，我们就好得跟一锅粥似的——并且，这种好啊，在我们离开张家界，各自回了原地后，是更甚的。有的人还说哭——老哭啊，想念啊，要见啊——哈哈！我们已经约了，今年要人齐了，在什么地方再聚一次。这是去年就说好的——再见一次，会发生什么呢？还是喝。聊文学吗？或者会不会有别的什么，比如爱情呢……谁知道。

当然啰，最要紧的，是《人民文学》创造了这个机会，大胡子朱零、辅导员刘村长，还有和蔼的李东华老师，你们做了一件好事。

四班，我们基本上还算同龄人吧，其实跨度也挺大的，有70后，也有90后，这之间的差距其实是一代人了，是阿姨和侄女之间的关系了。但我们之间似乎没有这种年龄上的隔阂，有时候我们也谈谈诗，每隔一段时间，由善良的、喜欢花花草草的小西，张罗着收集每个人近期的诗一首，我们凑到一起，发布出来，聊一聊。而更多的时候，我们在谈生活与思念——在一起。

很美妙，也很难得。我们现在，这十几个人啊，每天都在说话，家长里短，拍花的拍花，卖画的卖画，警察还抓小偷——你说，这些，你会和谁去每天说啊，对不对？我们就是这样。既是集体的，又是个体的。

刘汀：类似于松散的小共同体。他们的诗，还有同代人的朋友们的诗，比如李宏伟、彭敏、杨庆祥等，对你来说意味着什么？或者就是，你怎么看同代的诗人们。

严彬：你知道，我在文学上还是逐渐地有了一点野心的。我认识的同时代的诗人、小说家，我会将他们分成几个屋子里的：朋友，那我们就喝酒吃饭，深夜里，团结湖、西直门外，我们还要聊天的；陌生人，很喜欢的我会去读的。

我经常向别人提起，比如我很喜欢李宏伟和赵志明的小说；戴潍娜那些经过她声音表达出来的诗——我说她身上有城堡主人和年轻女巫气质，非常迷人；杨庆祥在文学评论上的独立精神和他超人的洞见（以及他精致的外表，哈哈）；彭敏的哈哈哈——他还没有好好写作，这是我认为的，他应该写出更为重要的、严肃的作品；还有刘汀村长你那看上去不符合你外表的柔软细腻的随笔以及你突然冒出来的诗啊；蒋一谈——兄长般的憨厚、中年人罕见的童真，他的文学是迷人的。我觉得我的朋友是成色很高、各有特长的人。

你看，我好像不能很好地回答你的问题。因为我在这点上，不是批评家，我不会去全盘吸收。同代人里我熟悉的人，对我的影响更多的应该是情绪上的，极少数几位，会谈到作品。关于写作，我更倾向于自己去发现和向前推进，我不会说，“请你帮我改改诗吧”。

这个时代，我们所处的这个时代，就在前面，我也为它写了诗。甚至于我所写的东西，主要都是可以献给这个时代的。对写作者整体来说，并不能说我们处在一个最好的时代，但至少不是一个最坏的时代，我们不需要像陀思妥耶夫斯基那样，长期隐藏和焚烧自己的作品。但，会不会有这个时代的布罗茨基呢？文学是时代的，是社会的，更是个人的。我倾向于自己坚韧地向前、向更深之处推进。

刘汀：逐个评价真是为难严书记了，喝酒。

严彬：干杯，村长。

刘汀：《国王的湖》应该是你第一部正式出版的诗集，而且是“截句”。据我所知，你应该还有其他诗集和随笔集要出，你也写小说，对诗、随笔和小说这三种文体的写作，你自己怎么理解？它们对你来说，价值各在哪里？

严彬：今年五月的一天，我将诗集《国王的湖》会在六月份出版的消息放到朋友圈，一位做出版的朋友说："严彬，你现在终于多了一个身份，是作家啦。"我突然也意识到，原来正式出版一本书，才算是打开作家之门啊。当然，这个说法不一定确切，但出版一本书，尤其是第一本书，对我的意义肯定是很大的。现在我可以在简历中写上"作家"二字了。

刘汀：第一本书的出版，像是某种认证，虽然现在出书没那么难了。我几年前出版第一本书的时候，也是感觉很特别。

严彬：今年我一直在想，总是要出一本小说集的。展现另一种可能，不是诗的，也不是非虚构的。絮絮叨叨的，我很少注重情节性——为什么人物一定要活在某一个或一串事情里呢？这些东西容纳了我诗歌写作以外的很多东西，包括我的妄想症，将在其中得到释放。就像我走进了《佩德罗·巴拉莫》中死后的世界，我希望创造并展现一个自己的小说世界，那里的人在其中走来走去，大多数人都会走进一间属于自己的房子，又和其他的人相邻，还有一些人寡居在僻静之处，和自己在一起。

而《国王的湖》，说实话，在去年秋天之前，我完全没有意料到会有这样一本集子，作为我的第一本书公开出版。这得益于作家蒋一谈的“文学创造”。去年秋末，我们一起逐字逐句，讨论了他那时准备出版的第一本诗集——在那之前，他是小说家，每年出版小说集——一本什么样的诗集呢？用他的话说，“一句两句三四句”，“截天截地截自己”。那也是诗吗？当时我是有怀疑的。但其中一段一段的句子让我沉迷，“满月是一枚婚戒 / 伸出手指戴一下吧”。不是诗，又是什么呢？这些诗句也发布在网上，得到了甚至超过传统诗人、传统诗歌读者（我在这里用“传统”，以区别于这本诗集的读者）更大的关注。

我的“截句”写作，就是在去年秋末秘密进行的。我结束了和蒋一谈的“截句”讨论后，开始在他送给我的本子上，持续进行“截句”写作。今年春天，这本属于我自己的“截句诗集”也就定下来了。它有一个迷人的名字——国王的湖。我很喜欢。

刘汀：诗有高下之分，无长短之别。你的小说，我看过一些，的确像你说的较少情节性。作者当然不必要纠缠在小说这个概念里，或者什么才算小说这类问题，只不过文学的传统和现实环境形成了一个语境，这个语境很宽泛地表明哪些文本是小说，哪些不是。可以遵从它，也可以无视它，都没关系，因为文本自身的价值，比它的文体的价值重要得多。

严彬：这个我不大能说明白。但我有种感觉：我在小说上是有想法的，我的小说是别样的。小说的世界在我看来比诗更大，我肯定要在里面活一下的。嗯。

（完）